大相撲令嬢 1

～聖女に平手打ちを食らった瞬間
相撲部だった前世を思い出した
悪役令嬢の私は捨て猫王子に
ちゃんこを振る舞いたい
はぁどすこいどすこい～

川瀬右端
Illustration 村上ゆいち

目次

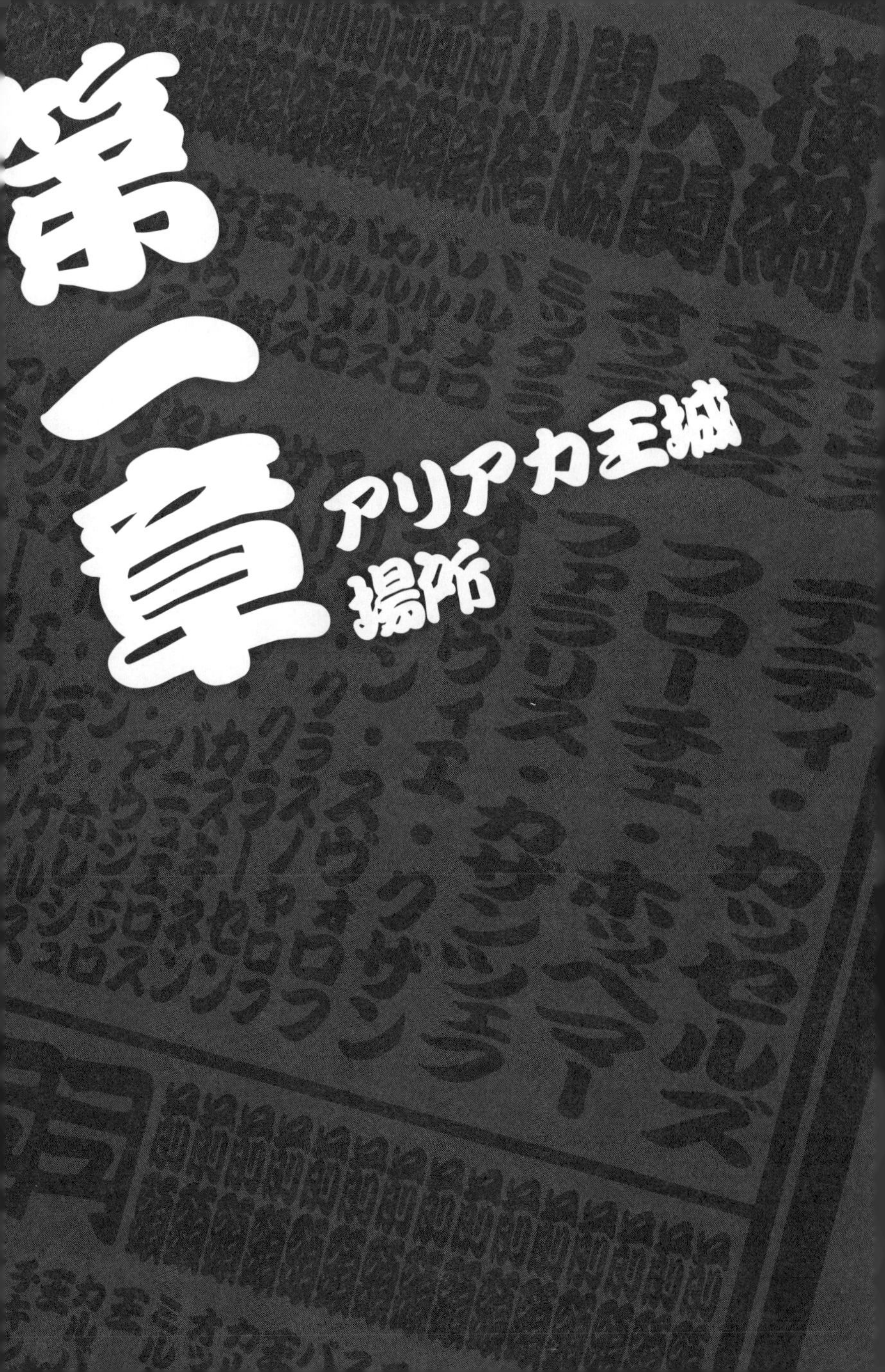

第一章 アリアカ王城場所

「この僕、アリアカ王国第一王子ジョナスとフローチェ・ホッベマー侯爵令嬢との婚約は、現時点をもって破棄させていただく！」

ジョナスの声がパーティホールに高々と響いた。

私は足から力がぬけへなへなとひざまずいた。

誉れたかい魔法学園の卒業記念ダンスパーティで、全校生徒の前で婚約者に糾弾されて、婚約を破棄されるだなんて……。

光の聖女ヤロミーラ・シュチャストナーがにやにや笑いながら近づいてくる。

「おほほ、いい気味ね、悪役令嬢フローチェさま」

「わ、私は糾弾されたような事は何もやっていません……」

「証言者はいるわ、あなたはジョナスに近づく私が憎くて暗殺者を差し向けたのよ」

「や、やってませんっ！」

「この後におよんで白を切るなんてっ　恥を知りなさいっ！」


パアンッ。

ヤロミーラが平手打ちをした。

私の頬が鳴り、痛みが片頬を焼いた。

その瞬間であった。

私の心の中に、
【相撲(すもう)】
という言葉が輝き立ち上がった！

覚えてる、この頬の痛み。

これは、対戦相手の張り手の痛みと同じ。

瞬間、私の脳裏に見た事も無いぐらいに太った女性達が〝マワシ〟と呼ばれる帯を着け、丸太に向けて張り手を打っている映像が浮かぶ。

そうか、私は……。

前世の日本の大学で女子相撲部だったのだ。


思い、出した！！！


「ざまあ」

他人に聞かれないように、ヤロミーラの口が小さく動いた。

轟(ごう)と、私の心の中に怒りが立ち上がる。

この女は冤罪で私をはめて、処刑しようとしている。

それは、全くの間違いで、不正で、理不尽だ。

そんな事はさせないっ、私の愛する心の中の相撲道に誓って。

私は腰を落とし、足を開いた。

ドレスでするような格好ではないが、かまうものかっ。

私は、一匹の相撲取りなのだからっ！

「あなたに本当の張り手を見せてやるわっ！」


ぱあんっ！


驚愕の表情を浮かべながらヤロミーラの体は、私の張り手を受けて後ろに吹っ飛んでいった。

「きゃあああっ！」

「ヤロミーラっ！　フローチェっ貴様あっ!!」

ジョナス王子が拳を振り上げ、こちらへ殴りかかってくる。

重心が高いっ！

そんな事で私を寄り切れると思うなよっ！

私はジョナス王子のベルトをもろ差しにつかんで、そのまま電車道のように押していく。

「ば、馬鹿なっ!!　じょ、女性の力か、これはっ!?」

今の私には相撲に必要な体重は無い、筋力も無い。

だが、相撲はそんな物でするものではないっ。

相撲は魂でやる物だっ！

「う、うわあぁっ!!」

ジョナス第一王子はテラスの柵を突き抜け、下のダンスホールへと押し出された。

婚約者だった男は悲鳴を上げて落下していく。

私の勝ちだ。

赤い礼服を着込んだ、大柄な男性がゆっくりと大階段を上ってきた。

「くくく、面白え女だ、フローチェ嬢、あんたが格闘技を習っていたとは知らなかったぜ」

「ただの格闘技ではないわよ、クリフトン卿、これは神事！　相撲ですっ!!」

「神聖術式系の格闘技か、相手にとって不足はねえっ、俺のアリアカ式レスリングで勝負だっ！」

「その意気やよしっ！　いざ尋常に掛かってきなさいっ！」

クリフトン伯爵令息は武勇自慢の伊達男だ。

前世で私が激しい相撲の練習の後に楽しみでやっていた、「光と闇の輪舞曲」という乙女ゲームに出てくる攻略対象である。

ヤロミーラというのは、そのゲームの主人公のディフォルト名。

ジョナス王子は、メインの攻略対象だ。

どうやら、私は前世で死に、乙女ゲームの世界に転生してしまったようだ。

だが、かまわない。

ここでも私のすることは一つ。

相撲道に邁進し、不正を正し、悪を討つ事だ。

そう叫ぶのだ、私の中の相撲魂（スピリッツ）が！

ガチーン！

と音が出るほどの激突が、私とクリフトン卿の間に起こった。

なるほど武勇自慢は伊達では無い、凄い力だ。

「くそ、なんだ、この鉄みたいな感触は、令嬢が出して良い感触じゃあねえっ」

「褒め言葉と受け取っておくわっ、クリフトン卿!!」

転生したこの体は体重が無い、鍛えてもいない、だが、何かの補正が掛かっているようだ。

力は、強い。

ドレスにはつかむ所が少ない。

上から肩を握ろうというクリフトン卿の腕をかんぬきに掛けて、体を崩す。

「ぐわあっ!!」

綺麗に上手出し投げが決まり、彼は階段を転げ落ちていった。

ふん、他愛も無い。

「魔法、魔法でやっつけてっ、ダグラス！」

「ふふ、解ってるさ、子猫ちゃん、そのかわり卒業記念ダンスパーティが終わったら、ねっ」

「な、なんでも良いから、その化け物を倒してっ!!」

ヤロミーラが悲鳴を上げるようにダグラス卿に指示をした。

彼もヒカヤミ（省略形）の攻略対象、大魔道士のダグラス伯爵令息である。

詠唱と共に、彼の回りに魔力の渦ができあがる。

これは高度で高威力の魔術を撃とうとしているな。

私の中の相撲感覚がうごめいた。

む、四股を踏めというのか。

たしかに、四股は足で地面を踏むことで、邪気を祓い、土俵を清める神事の一つだ。

やってみるか。

私は高々と足を上げた。

ドレスでやる格好ではないが、かまうものか。

今の私はただ一匹の力士なのだ。


ドーン！


私の四股がテラスの床を鳴らすと、ダグラス卿の魔法が霧散した。

「な、なんだと、なんだ、その一連のアクションはっ!!」

「四股だわ」

よし、四股にはアンチマジックの効果があるようだ。

魔法が溢れるこの世界では頼もしい味方になってくれそうだ。

ダグラス卿にがぶり寄り、腰のベルトの前褌（まえみつ）を取り、内ももを下から払い、内無双で転がした。

彼も、クリフトン卿の後を追い、悲鳴を上げて階段を転げ落ちていった。

「そこまで、そこまでだーっ！　フローチェ！　第一王子の名にかけて、抵抗はゆるさないっ！」

あちこちアザを作った哀れな姿のジョナス王子が、武装した沢山の兵隊と共に階段を上がってきた。

「ふふ、そんなに、私の相撲が見たいのですか？　ジョナス王子」

ジョナス王子が一連隊の重装備の兵士と共に階段を上がってくる。

「抵抗は無駄だっ！　浅ましくも忌まわしいフローチェよ!!　お前には絞首刑こそがふさわしいっ」

「そうですか……。心底見下げ果てました、ジョナス王子」

私は階段一杯に広がった軍勢を見下ろした。

「き、気をつけてっ!!　その女は不思議な職業（ジョブ）を手に入れてるわっ!!」

背後から、光の聖女ヤロミーラ・シュチャストナーのわめく声が聞こえる。

「フローチェ、貴様、悪魔にでも魅入られたかっ、貴様は何の職業（ジョブ）に就いたというのだっ！　呪術師かっ！　それとも暗黒騎士かっ！」

「違うわ」

私は片足を高々と上げた。

淑女のやるポーズではないが、かまわない。

なぜなら、私は……。

「今の私は一塊（ひとかたまり）の相撲取りよっ!!」


ダアン!!


ダンスホールに力強い四股の音が響く。

神聖なその音は、兵士達を怯ませる。

「くっ!!　スモウトリだとっ！　なんという怪しい職業名（ジョブネーム）だっ！　お、恐れるな兵士達よ、奴は只一人だっ!!　そして、奴の後ろには光の聖女がいるっ!!　恐れてはならない、恐れる兵士は魔に捕らわれた裏切り者だっ!!　恐れず奴を誅殺せよっ!!」

「「応っ！！！」」

巨大な甲虫の群れのように兵達は階段を上がってくる。

すこし前の私なら恐怖で気絶するような光景なのだが、みじんも怖くはなかった。

相撲魂（スピリット）の効果かとも思ったが、ちがう。

私は腕組みをして笑みを浮かべる。

倒せるからだ。倒して蹂躙（じゅうりん）できるからこそ私は兵を恐れない。

剣も、槍も、私の相撲の前では無力だ。

そう、確信した。

握りしめた両手に何かがあった。

見てみると白い。

塩……。

清めの塩か。

何かのスキルなのだろうか。

どこからともなく、寄せ太鼓の音がする。

これは相撲の興行がある地域で、太鼓の音により相撲の開始を知らせる音だ。

そうかそうか。

開始の合図か。

大相撲、アリアカ王城場所の開催だっ！

「くらえ、【清めの塩（セイクリッドソルト）】！」

私は、両手の中の塩を上がってくる兵士に向けてぶちまけた。

「ぎゃああっ、目が、目が～～っ」

「ぐおおおおっ!!」

目を押さえる者、悲鳴を上げる者、さらには溶け出す者もいる。

まさか、王宮の兵士の中に魔物が混じっているのだろうか？

私は左手で塩を投げ、右手で張り手をして、兵士で一杯の大階段を下りていく。

悲鳴と怒声が私と一緒に下へ移動していく。

ジョナス王子との間合いが近づく。

彼は恐怖の表情であちこちを見回し、私を倒すように配下に怒鳴った。

見苦しい。

まったく見苦しい事。

仮にも人の上に立つ者はどっしりと構え、慌てないものだ。

あなたは、それでも王子か。

私は泣きそうな顔の王子との間合いを一瞬で詰め、彼の首を喉輪でつり上げた。

「うががっ、や、やめろっ、くそうっ、ぼ、僕は王子なんだぞっ、こんな扱いはっ!!」

「どうして、私に罪をなすりつけたの？」

「お、お前がいては、ぼ、僕とヤロミーラが結婚ができないではないかっ」

「それだけ？」

「そ、それだけだっ、お前のような粘着質で陰気な奴は素直に婚約を破棄してはくれないだろうかならなっ」

「なぜ、処刑のお膳立てまで？」

ジョナス王子は喉輪につり上げられながら、憎々しげな目で私を見下ろした。

「お前が大嫌いだからだっ!!　陰気で、うじうじしたお前なぞ、見たくないからだっ!!　お前なんか死ねばいいんだっ!!」

そうだったのか。だが、王子のそんな告白を聞いても、私の心は少しも動かなかった。

国のためにする結婚相手の短所に目をつぶれないとは、なんという器の小ささかと、呆れただけだった。

私はジョナス王子をゴミのようにダンスホールに投げ捨てた。

汚い悲鳴を上げながら王子は床をごろごろと転がった。

あたりには沢山の兵士が倒れ、まるで前線の死骸のようである。

私の行く手を阻む者は誰一人としていない。

私の中の相撲感覚（センス）が王宮の地下に興味をしめしている。

なんだろうか。

私はダンスホールを横切り、ドアを開けて、王宮の廊下に出た。

感じる。

たしかに、何か、地下にある。

誰かが呼んでいるような、そんな感じが、相撲感覚（センス）に激しく反応する。

私は足早に駆けていく。

迷路のような王宮の内部を相撲感覚（センス）だけを頼りに走り抜ける。

古びた螺旋階段を下りきると、そこは地下牢であった。

肌寒い温度の中、かび臭いような悪臭が漂っている。

前方に甲冑を着込んだ見目麗しい騎士がいた。
神殿騎士のオーヴェ・ソレンソンだ。
「困りますね、フローチェさま、こんな所まで来るなんて、悪いお方だ」
彼も「光と闇の輪舞曲(ロンド)」の攻略対象である。
凄腕の剣客にして聖騎士団長であった。
彼の向こうにお目当ての存在がいるようだ。
そう、ささやくのだ、私の中の相撲感覚(センス)が。
む、また相撲感覚(センス)が別の何かを私に伝えようとしている。

「番付表オープン？」

私が声に出した瞬間、墨色も鮮やかな番付表が目の前に現れた。
今の私は赤い文字の所か。
ふむ、まだ十両八枚目なのか。
そして、目の前のオーヴェの名前は前頭四枚目の部分にあった。
これは、大体の敵の強さをはかれるな。

便利である。

西の横綱は王国近衛騎士団長であった。

だが東の横綱は私の知らない名前だ。

まだ見ぬ強敵が、この国にいるのか。

私の胸は熱く騒いだ。

「何ですか、その紙は？」

「あなたは知らなくて良い物ですわ」

「そうですか、あなたを見かけたら倒せと、光の聖女さまから命令されております。あなたに恨みはありませんが、神の名の下に、天国に送ってさしあげましょう」

「相手にとって不足無しっ!!　いざ尋常に勝負ですわっ！」

土俵。

地下牢獄へ続く廊下に徳俵が付いた土俵が石畳からせり上がってきた。

なんという不可思議な現象か。

これも、私の相撲力（すもうちから）の表れだというの。

大一番が始まる予感がした。

「な、なんですか、これは？　何かのフィールドですか？」

オーヴェがいきなり現れた土俵を見ていぶかしげな声を上げた。

私は塩をまき、土俵の中に入った。

「土俵よ、この中で勝負をつけるわ、ルールは足の裏以外の場所に土を付けないこと、この輪の中から出ないことよ、敗北はその二点だけよ、簡単でしょう?」

「こんな子供のゲームのような物に、私が付き合ういわれはありません。そこから出てきなさい、フローチェ嬢!」

オーヴェは両手剣を引き抜き、それで私を指した。

私は肩をすくめた。

面倒ね……。

そう思った瞬間、着物を着た半透明の呼び出しが現れた。

「な、なにいっ!! ゴーストかっ!!」

「呼び出しさんだわ」

彼は半透明の扇を私の方に向けた。

『**ひ〜が〜し〜、フロ〜チエ、に〜し〜、オーヴェ〜**』

見事なシオカラ声で、オーヴェの名前が呼ばれると、彼は操られるように土俵に入ってきた。

「ば、馬鹿なっ!! なんだ、この強制力はっ!!」

半透明の呼び出しが消えると、かわりに半透明の行司が現れた。

『**みあってみあって**』

オーヴェは強制力が掛かっているのか、嫌そうに仕切り線に付いた。

私も仕切り線に付く。

オーヴェが大剣を担ぐようにして片手で構えている。

一挙動で振り下ろすように殺気が膨れ上がる。

彼は、武器を持たない方の片手で仕切り線を付いた。

私とオーヴェの呼吸がピタリと合った。

私が立ち上がるのと、オーヴェが大剣を片手で振り下ろすのが同時に起こった。

『はっきょいっ!!』

行司が軍配を上げた。


パアンッ!!


「ぐっ!」

振り下ろされた大剣を持つ彼の手首を、私の張り手がかち上げた。

相撲の張り手は力士の体格から見て遅く思えるが、実はボクシングのジャブよりもずっと速い。

上体のバランスが崩れたオーヴェの腰のベルトをつかみもろ差しの体勢になる。

慌ててオーヴェは大剣を振ろうとするが、剣術には密着した者を切る技などありはしない。

「く、くそっ!!　離せっ、離せっ!!」

『のこったっ、のこったっ、のこったっ』

暴れるオーヴェの腰を両手で引きつけて押す、押す、押す。

土俵の端が近づいてくるのを見て、オーヴェが慌てる。

だが、動揺し、寄り切りへの対処を知らない剣士なぞは、相撲取りの格好の獲物である。

オーヴェの逃げる勢いに合わせ、掬（すく）い投げを打つ。

「ぐわあああっ!!」

彼は徳俵の上に転げて土俵から落ちていった。

『**勝負あり**』

半透明の行司が、私に軍配を上げた。

勝負が付いた瞬間に、行司も土俵も消えていった。

「私の勝ちね」

「何を言うっ！　こんなゲームで負けたぐらいで……、な、なにいっ!!」

オーヴェの腰が抜けて立てないようだ。

「相撲は神聖な儀式なのよ、負けた者がすぐ再戦などは出来ないわ。次の場所まで待ちなさい」

「ば、場所ってなんなのだっ！　なんだ、この高度な神聖術式はっ！」

「相撲よ」

「スモウ……。こ、こんな儀式神術があったなんて……、知らなかった……」

オーヴェはがっくりと肩を落とした。

ふふ、どんな武器を使われようと土俵の中では素手の相撲取りが一番強いのよ。

私はオーヴェを残して地下牢の奥へと足を進める。

相撲感覚（センス）は、一番奥の牢屋に反応しているようだ。

「だ、誰？　ぼ、僕を殺しに来たの……」

薄暗い牢から、か細い声が聞こえた。

牢の中には、猫耳が生えた少年が立ちすくんでこちらを潤んだ目で見ていた。

……。

………。


こ、れ、は……。

私の前世の推しキャラである、第二王子リジー君ではないですかっ!!

彼は第二王子だというのに、攻略対象でもなく、ただ第一王子の後ろをくっついて歩き回っておどおどと主人公に話しかけるだけのキャラであったのですが、その素晴らしい容貌、おそるべきショタの描写から、前世のその筋のお嬢様方から絶大な人気を誇り、ジョナス王子なんかいいから、リジー王子を攻略させろやというメールで制作会社のサーバーを壊したという都市伝説まで出来たほどの萌えキャラであります。

ええ、当然の事ですが、私もがっつりリジー王子にはまり、攻略出来ない事に血の涙を流してゲーム機の前で嘆いた者です。

その、リジー王子が、目の前に、しかも猫耳です、もふもふです。

はあああっ、尊いとしか言葉が出てきません。

「♪ハァ～エ～、花を集めて甚句にとけばヨ～♪　ハァ～、正月寿ぐ福寿草♪」

いけないいけない、私ったら、推しキャラに会えた嬉しさに、思わず大好きな相撲甚句の花づくしが口から出てしまったわ。

相撲甚句というのは、相撲取りの感情が高ぶった時に出る甚句の事よ。

前世のお相撲さんたちは、悲しかった時、嬉しかった時、別れが辛い時に、甚句の一節を口にして感情表現をするものなのよ。

「綺麗な、歌、ですね、あなたは……、フローチェ侯爵令嬢ではありませんか」

「まあ、私の名前を覚えていらっしゃったのね」

「王城庭園の園遊会でとてもお綺麗な方だと思って、その、見ておりました」

リジー王子が、頬を赤らめて私を見ます。

なんて事なのかしらっ。

浮かれてしまいますわ。

はあ、どすこいどすこい。

「とりあえず、牢の端に寄ってくださいまし、今、こんな所から出してさしあげますからね」

「だ、駄目です、牢の鍵は、ジョナスお兄さまか、ヤロミーラ嬢しか持っていません」

「大丈夫ですわ、お待ちになって」

私は腰を落とし、牢を構成する大きな石の柱に手を当てた。

これは、相撲の基本稽古、てっぽうの構えだ。

推しが見ている前でてっぽうをするのは、少し恥ずかしいが、かまわない。

私は一握の相撲取りなのだからっ!!

てっぽう！　てっぽう！　てっぽう！

ずしんずしんと私のてっぽうで石の柱にひびが入り、五発を数えるあたりで、柱は倒壊し、鉄柵はぐんにゃりと曲がり、リジー王子が出てこられるようになった。

「す、凄いっ、フローチェさん、この力は？」

「お恥ずかしい、ひょんな事から手に入れた相撲の力ですわ」

リジー王子は牢から出て、私の近くで目を丸くして見ています。

いやですわ、そんな恥ずかしい。

相撲甚句の続きが出てきそうだわ。

「どうしてリジー王子さまがこんな場所にいらっしゃるのですか？」

リジー王子は、つぶらな瞳で私を見つめ、ぴくぴくと猫耳を動かしました。

なんと尊い。

あのもふもふとした猫耳をなでくりまわしたい。

「先日、ジョナスお兄さまと、ヤロミーラ嬢が私の部屋にやってきて、聖女が呪文を唱えたのです、そうしたらこの猫耳が生えてきました」

リジー王子は悲しげに目を伏せました。

「兄上は、呪われた獣人の血を引く者だと私を糾弾してきました。そんな汚れた血の者は王座に就く資格は無いと。私は王位を兄上に譲るのはかまわないのです、兄上は素晴らしい人ですし、実務にも長けています、でも、我が国にも沢山いる獣人の方を差別するような事を言われてショックを受けました、何か悪い事が起こるような気がしてなりません」

ああ、なんという器の大きいお方であろうか。

処刑されるかもしれない自分の事よりも見たことの無い獣人の民を心配するとは。

王の輝きを私と私の相撲感覚(センス)は感じる。

「そんな事はありませんわ、リジー王子、あなたは素晴らしい人です。たとえ獣人の血を引いてらっしゃっても、それがなんだと言うのでしょう。人の価値は他人への慈愛で決まります、私は、リジー王子の王位継承を支持いたします」

私がそう言うと、リジー王子はふんわりと花のように微笑まれた。

「フローチェ嬢、ありがとうございます。でも、王子同士が相争うような内乱になれば民が苦しみます。なんとかジョナスお兄さまの迷いがとければ良いのですが」

王位簒奪(さんだつ)、なのか。

実はジョナス王子は王位継承権がリジー王子よりも低い。

彼は側妃を母に持つ。

対してリジー王子の母親は正妃なのだ。

「光と闇の輪舞曲（ロンド）」のジョナス王子ルートのテーマがたしか「羨望を消す」だったはずだ。

女中上がりの身分の低い母を持つジョナス王子は、リジー王子を妬む。

心を魔に食われかけた所を聖女ヤロミーラに救われ、彼女と共に公爵として、王家を支えていこうというのがトゥルーエンドだったはずだ。

ヤロミーラ共々、ジョナス王子も心を魔に食われたのか。

聖女がいながら、なんという醜態だ。

相撲取りというのは、魔を払い、善人達を笑顔にする存在だからだ。

私が相撲魂（スピリッツ）に目覚めたのも無関係ではあるまい。

「リジー王子、私はあなたを王にするためにここに呼ばれたのかもしれません」

「だ、誰に」

「相撲の神様にです」

「き、聞いた事無いけど、良い神さまなの？」

「皆を笑顔にして、愉快に暮らせるようにしてくださる神様です」

「……、それは、いいねえ。僕も……、また、みんなと、いっしょに、愉快に、暮らしたい……」

リジー王子のつぶらな目が潤んで、丸い頬に涙がこぼれ落ちた。

涙を止めたくて、私は無意識に彼を抱きしめていた。

彼は私の胸で泣きじゃくった。

無理も無い、リジー王子はまだ十二歳なのだから。

ああ、猫耳の感触が素晴らしい。

もっふもふ。

「リジー王子、アルヴィ王はいずこにおわしまする？　卒業記念ダンスパーティで姿をお見かけいたしませんでしたが」

「わ、わからないよ、フローチェ、僕は三日前からここに閉じ込められていたから」

「アルヴィ王はヴァリアン砦に幽閉されている」

む、オーヴェが足を引きずりながらやってきて、リジー王子の前で膝を突いた。

リジー王子の雰囲気が変わった。王族にふさわしい凛とした佇まいだ。

ついでに猫耳もピシリと尖る。

「なぜそれを、オーヴェどの」

「解りません、スモウで負けてから、頭の霧が晴れたようになりました。監禁の一端を担い、申し訳ありませんリジー王子、いかような処罰でも受けます」

「ううん、神殿にはオーヴェみたいな剣豪がいないと駄目だから、許すよ。問題無い」

「ああ、なんとお優しい。こんな英邁な王子に、私はなんて事を」

オーヴェは肩を落とし、涙をこぼした。

「泣かないで、オーヴェ、君が泣くと僕も悲しいよ」

オーヴェは正気に戻ったか。

「オーヴェ卿、聞かせて欲しいわ、王は誰に幽閉されたの」

「ジョナス王子です。聖女ヤロミーラの命令により、聖騎士団が王を拉致し、ヴァリアン砦に幽閉しております」

「大変だ、お父様をお助けしないと」

「そうね、手勢も要りますわ、一度王宮を出て、ホッベマー侯爵領へ行きましょう、王子」

「わかった、侯爵領で軍を組む、頼んだぞ、フローチェ」

「承りましたわ」

「オーヴェ、君はどうする？」

オーヴェは深く頭を下げた。

「私は、聖騎士団の長です。神殿に戻り、聖女ヤロミーラさまのなされた事を調べたく思います」

「もしも聖女が間違っていたら？」

「その時には……」

オーヴェの背に殺気が乗った。

「私が聖女ヤロミーラの首をはねます」

「よし、差し許す、神殿の方は頼んだぞ、オーヴェ」

「ははあっ」

さすがは私の推しね、何時もはふわふわと頼りなく可愛いのだけど、一度事が起こると王族らしく頼もしいわ。

そんなギャップを持つリジー王子もたまらなく尊いわ。

はぁどすこいどすこい。


私たちはオーヴェと別れ、地下牢を後にした。

目指すは城門だ。

うちのメイドのアデラが馬車で待っているはずだ。

それを使って、ホッベマー侯爵領へ戻り、兵を挙げ、王を助ける。

あの暴虐な偽りの聖女を倒せと、ささやくのよ、私の中の相撲魂（スピリッツ）が。


リジー王子と一緒に王宮を歩いて行く。

贅をこらした調度を並べた夢のようなお城は、今はピリピリと張り詰めた空気が漂い、暗黒街のように不穏だ。

「リジー王子の護衛の者や、お付きの従者はどうなされましたの？」

「わかりません、三日前にジョナスお兄さまに乱暴に地下牢に連れていかれましたので、彼らの事は何も……」

ふむ、うちのアデラは軽薄な外見にもかかわらずやり手ではあるが、王子さまのお世話をするには少し格が足りない気がする。

侯爵領の城にいるメイド長と相談をしなくてはならないだろう。

時々兵隊に行き合うが、彼らは噂を聞いているのか、即座に回れ右をして逃げていく。

アリアカ城を出るのも簡単かもしれない。

私たちはお城の一階に着き回廊を回って正面エントランスを目指す。

もう空は真っ暗だ。

学園の卒業記念ダンスパーティの開催が夜六時、今は夜の八時ごろだろうか。

夕方に王宮に入った時は、最近冷たくなった婚約者のジョナス王子と、どうやって関係改善をするか鬱々と悩んでいた。

正直泣きそうであった。

だが、今は、なんの悩みも苦しみも無く、ただ、愛するリジー王子との道行きを楽しんでいる。

人生は相撲のような物だ、一瞬の攻防で全てが決まり、状況が変わる。

「はぁ～、咲いてや牡丹と云われるよりも～♪　散りてや桜とわしゃ云われたい～♪」

「綺麗な歌ですね、フローチェの生き方みたいです」

「まあ、恥ずかしいですわリジー王子」

また思わず相撲甚句(じんく)を詠ってしまったわ。

はぁどすこいどすこい。

城の尖塔に隠れていた月が姿を現した。

「月が綺麗ですね」

リジー王子が空を見上げてそう言うので、私はドギマギしてしまう。

違うのよ、この世界には猫を書く文豪はいないのだから、聞いた通りの意味だわ。

はぁどすこいどすこい。

カンカンカンカンカンカン。


早い速度の拍子木と共に、私の前方に番付表が自動的にオープンした。

番付表のど真ん中に赤い窓が現れ『注意喚起』と相撲書体の文字が浮かぶ。

『強力士（つよりきし）出現：番付小結』

番付の上の方、西の小結の場所が赤く光っている。

パルメロ市出身　ユスチン・スヴォロフ
アリアカ城の入り口と城門を繋ぐエントランスロードに二人の偉丈夫が立っていた。

一人はクリフトン卿だ、こちらを見てニヤニヤ笑っている。

大柄なクリフトン卿を二回り大きくして、筋肉をバンプアップさせた男、彼がユスチン氏のようだ。

「やあ、フローチェ嬢、あんたとの戦いがあんまり面白かったんでなあ。師匠にも味わわせてやろうと思って連れてきたんだぜっ」

ユスチンはこちらを冷たい目で見て値踏みをしているようだ。

クリフトン卿の師匠というと、アリアカ式レスリングの師範であろうか。

チンピラが一目見るだけで戦意を無くしてしまいそうな素晴らしい肉体だ。

「俺はユスチン・スヴォロフ、天下無双を目指すレスリング馬鹿だ……。おいっ、馬鹿弟子、あんな女子にお前は負けたのか？　どう見ても体重も筋肉も足りないぞ、油断していたんじゃねえのか？」

「ええ？　やだよ、お嬢さんなんか倒してもなんの得にもならねえしよ」

「師匠、あの女、すげえから、とにかく戦ってくださいよ」

「ユスチン師匠！」

「だって、お前、あの子可愛いしよう。俺あ、女の子には乱暴しないって子供の頃から決めてんだよ」

　なんというか、好人物な感じですね、ユスチン氏は。

「あのー、クリフトン卿、私は城の外に出たいのです、通してくれませんか？」

「それはできねえ、あんた達の通行は、このユスチン師匠が止める」

「えー、この子たちが何したってんだよ、いいじゃんよ、通そう通そう、なっ、なっ」

「師匠っ、今月の授業料払わねえぞっ」

「しょうがねえなあ」

　ユスチン氏はこちらへ歩を進めた。

「あれだ、一発軽くはたくからよ、それで降参してくれよ、お嬢ちゃん」

「いやですわ」

　ユスチン氏はひげ面の顔に鳩が豆鉄砲を食ったような表情を浮かべた。

「いや、だけどよう」

「私は一匹の相撲取りですわ。痛みぐらいで降参？　あなたは力士になんという侮辱をするのかしら」

「……、あ、あはははっ、こりゃ悪かった、そうかそうか、お嬢ちゃんはちゃんとした戦士なんだな、これはごめんな」

　近くに来ると筋肉の圧力が凄いな。

　体の大きさも幼女と大人ぐらいの差がある。

「あなたを倒さないと、ここを通してくれないのね」

「そうだな、坊ちゃんから禄（ろく）を貰っている身なんでよ、恨まないでくれよ」

　大きいけど、目が可愛い人ね。

　朴訥（ぼくとつ）な大男も嫌いじゃないわ。

「では、勝負よ、悪いけど私の言うルールで戦ってもらうわ」

「ああ、良いとも、どんなルールでも俺は負けねえからよ」

「土俵召喚（コール・スモウリング）」

　ちゃんと段の付いた立派な土俵が石畳を割ってせり出してきた。

　相撲神術は属性的に土なのかしら、地母神関係の神聖神術にも思えるわ。

「こ、こいつは立派なリングだ……。べらぼうな」

「この上で勝負をして貰うわ、ルールはたった二つ、足の裏以外の場所が土に付くか、土俵（スモウサークル）から出たら負けよ」

「そいつはシンプルだ、押さえ込みや寝技は無いんだな」

「無いわ」

本来は殴る蹴るも禁止なのだけど、古来の相撲は総合格闘技だったらしいわ。

日本書紀にも書いてある、野見宿禰（のみのすくね）の逸話では、当麻蹴速（たいまのけはや）に蹴り合いで勝利し腰を踏み折ったとあるから、昔は問題が無かったのだろう。

近代になってから、投げ技中心となったようだ。

この世界の相撲の神様がいつの時代の方かは知らないが、武器を持ったオーヴェを負けにしなかった所を見ると、武器でも、蹴りでも、拳でも、別にかまわないのだろう。

拍子木が鳴り、半透明の人々が旗を持って土俵の周囲をぐるりと回った。

「な、なんだ、ゴーストか!!」

「落ち着いて、報奨金だわ。勝った方が彼らの出すお金を総取りできるわ」

よく見ると、なとりとか、紀文とか、永谷園とか、テレビ中継で見た旗がたくさんある。

どこから発生してきたのかしら、この報奨金は？

「神聖属性の決闘型術式か、こんな大掛かりなものを……」

「これが相撲よ」

半透明の呼び出しが扇を開いて東西に向けた。

『ひがああしいいい、ユウウスチイイン、ユウウスチイイン。にしいいい、フロオオチェエエ、

フロオオチェエエエ』

私は土俵に上がり、塩を取って土俵にまいた。

「これを手に取ってまくのか、なんだこりゃ」

「塩よ、土俵を清めるのと、手を滑らさない効果があるわ」

「そいつはいい」

ユスチン氏は塩を取り、土俵にまき、手にこすりつけた。

私はユスチン氏に背を向け四股を踏み、片手を脇に上げて手の平を返した。

「なんだ、そのポーズは？」

「こうやって、両手に武器を持っていない事を示すのよ」

「儀式か、儀式の術式はこなした方がバフが掛かるな」

「わかっているわね」

ユスチン氏は私の動きを真似て、四股を踏み、手の平を返した。

知らなくても、儀式を尊重する精神は賞賛すべきね。

さすがは小結なだけはある。

「始めるタイミングは？」

「仕切り線を挟んで向かい合って、両方の呼吸が合ったら、一度地面に拳を突いて、立ち会うのよ。

その瞬間から相撲は始まるわ」

「わかった、すげえな、これ」

半透明の行司が入ってきた。

あら、テレビで見たことのある行司さんだわ。

どこから来るのかしら、この虚像は？

ユスチン氏は仕切り線の向こうで体をかがめた。

「嬢ちゃん、あんたの名は」

「フローチェ」

「あんたの事を舐めていたフローチェ、この立ち振る舞いを見て解った。あんたは思った以上に戦士だ」

そう言ってユスチン氏は獰猛な感じに笑った。

「だから、本気でいかせて貰う。本気のアリアカ式レスリングでフローチェを負かす。それが本当の戦士であるあんたへの礼儀だからだ」

「ふっ、やってみなさい。相手にとって不足は無いわ」

『**みあってみあって**』

仕切り線の向こうのユスチン氏の殺気がぼこりぼこりと膨れ上がる。

ああ。

ああ。

なんという殺気、なんという闘気!!

私の中で、強敵に出会えた喜びで、相撲魂（スピリッツ）が輝き光る。

ほぼ、同時に仕切り線に二人の拳が乗り、同時に立ち上がった。

『はっきょいっ!!』

相撲が、始まった。

ユスチン氏は立ち上がり私に向けて拳を振るう。

ふふ、軽くはたくなどと言いながら、その全力の拳が当たれば頭蓋は砕け、顎が弾け飛びますよ。

愉快だ。

ユスチン氏の全力を引き出せた事が愉快。

そして、相撲の立ち会いにおいて、腰を上げ、拳を放つという悪手の報いを彼が受けるのが愉快っ。

私は低く低く、髪が土俵を掃くほどに低く重心を下げ、一歩、前に出る。

ユスチン氏の全力の正拳が背中の上を行くのを感じる。

彼の体の下に潜り込み、彼の厚い胸板に頭突きをぶち込んだ。


ドガン!!


けっして乙女が立ててはいけないほどの激突音が響く。

「ぐうっ、ま、まさかっ、ここまでの……」

虚をつかれて動揺するユスチン氏のベルトをもろ差しに掴む。

腕を引きつけ、肩を密着して押す。

押す。

押す。

巨大な巌がみちみちと動くように、腰が立ったユスチン氏は、じりっじりっと後ろに押されていく。

「ぐっ、ぐぐうっ！　こいつはあっ、馬鹿弟子が負ける訳だっ、面白えっ!!」

「そうだろうっ！　そうだろうっ！　師匠好みの面白え女だろっ!!」

「なんだよこりゃあ、神聖魔法で超ブーストされてんのかっ、ご令嬢の力じゃねえっ、技術も信じられねえっ！」

私は返事をしない、ただただ、押す、巨大な山のごとき質量のユスチン氏の肉体を押していく。


「だけどよう、悲しいな現実ってやつは」


ユスチン氏が腰を落とす。

私の前進がピタリと止まった。

「体重が軽い、筋肉が無い、物理の壁ってやつだ」

ユスチン氏は上手を取り、私のドレスの上部をがっしりと掴む。

なんという金剛力。

「どんなに神術でブーストしていても、体重は増やせねえ」
私は重心を落とし、彼の前進に耐える。
凄い圧力だ。
ハイヒールを履いた足がずるずると滑る。
前世の体重ならば、前世の鍛え上げられた肉体ならば、と、そう思わざるを得ない。
強敵に対し、鍛えてもいない令嬢の体では無謀だったのか。
仕切り線を割る。
ユスチン氏の出足を狙い足を掛ける。
「ぐっ、足技もあるのかっ」
一瞬ぐらりと揺れるが、彼の地を這うような重心を崩す事は出来ない。
なんという勝負勘、さすがはアリアカ番付で小結なだけはある。
強い、圧倒的に強い。
そして重い。
じりじりと視界の端に土俵の端が近づいてくる。
まずい、このままなすすべも無く負けてしまうのか。
物理の壁の前には、私は無力なのか。
この胸の奥の相撲魂は偽物なのか。
異世界の前世の記憶は、悪役令嬢にされた哀れで陰気な娘の妄想だったのか。

　ぎちぎちと私の筋肉とユスチン氏の筋肉がぶつかり合い、熱を作り、推進力を作り、それを止める制止力を作りぶつかり合う。

　汗が出て、額を頬をぬらす。

「俺と同じ体重で、同じだけの筋肉を持ったフローチェと戦いたかったぜ。だが、詮(せん)ない事だ、だからこそ、プロスポーツはウエイト制ってのがあるんだしよっ」

　さらに押される。

　こらえる。

『のこったのこったのこった!!』

　行司が軍配を振る。

　相撲が、アリアカ式レスリングに負ける？

　土俵の上でか？

　そんな事は許されない。

　だが、物理の壁は私の前でじりじりと質量押しをしてくる。

　耐えろ、耐えろ、耐えろ。

　私が負けたら、リジー王子はどうなる。

　たった一つだ。

　死ぬ。

　ヤロミーラは、逃げた王子を許さないだろう。

王位を継承するまで生かしておくつもりだったのだろうが、もう無理だ。

あの、猫耳の可憐な王子さまは。

はにかむ笑顔が愛おしい、私が愛する王子は。

ヤロミーラに殺されてしまう。


「フローチェ!!　頑張れー!!」


私の愛する推し、猫耳のリジー王子の声が、魂に深く突き刺さった。

その瞬間、私の中の相撲魂（スピリッツ）が激しい回転を始めた。

「な、なんだっ！　なんだその力はっ!!」

そうだ、私は負ける訳にはいかないっ！

負けられない理由があるっ!!

なにを甘えた事を考えていたのだっ。

物理の壁がなんなのだ。

体重がなんなのだ。

筋肉がなんなのだ。

「物理が怖くて、相撲取りなぞやれるかっ!!」

「なにいっ!!」

胸の奥で、相撲魂（スピリッツ）が歯車のように高速回転をしている。

キラキラ光るその魂から、無限の力が巻き起こる。

ユスチン氏の突進を止めた。

もっとだ、もっと相撲魂（スピリッツ）の回転率（ケイデンス）を上げろっ!!

押す。

押す。

さらに押す。

相撲取りはイノシシのように前に向かって進む生き物だ。

後ろを振り返ったり、嘆いたりする暇は無いっ！

「くそうっ!!　あり得ねえっ!!　物理的にあり得ねえっ!!」

「相撲取りに不可能なぞあるものかっ!!」

『のこったのこった、のこった！』

仕切り線までユスチン氏を押し上げた。

体中から汗が出て、彼の汗と私の汗がまざりあう。

「くそうっ、くそうくそうっ!!　面白えじゃねえかっ、フローチェ!!」

「ええ、あなたもね、ユスチン!!」

「頑張れっ!!　頑張れーっ!!　フローチェ!!」

「師匠!!　頑張れーっ!!」

気づけば土俵の回りは人で一杯だった。

兵士やメイド、庭師などの身分の低い人たちが、土俵の上の私に声援を送ってくれていた。

私だけじゃない、ユスチン氏にも声援が飛ぶ。

「楽しいなあ、ええっ、フローチェっ！」

「ええ、楽しいわ、ユスチンっ！」

お互い、投げ技を掛けようと、相手の体勢を崩そうとしながら、私とユスチンは笑い合った。

ああ、良い気分ね。

これが相撲なんだわ。

「あっはっはは っ!! フローチェッ!! お前を令嬢と思うのはやめだっ!! お前は猛獣と思う事にしたっ!!」

「それは恐れ入りますわっ！」

ユスチンは組み合った体勢から蹴りを放ってくる。

ふっ。

体をひねるようにして前にねじ込み、太ももを取る。

足の先は速度が出るが、太ももの部分は最後に動く。

「ぐっ!!」

超接近戦専門の相撲取りに蹴りが利くかっ！

そのまま転がそうと腕に力を入れると、ユスチンはするりと抜け出した。

さすがは小結、体の使い方が巧みだ。
がっちりと組み合う。
体勢を崩し合う。
一進一退、仕切り線の上でジグザグに動く。
二人で土俵の上で、体をぶつけ合い、体温を上げ、汗を流し合う。
だが、色っぽくは無い。
二人の間に流れる感情は、濃密な殺意と害意。
闘志と負けじ魂。
賞賛と尊敬だ。
お互い虎のように笑い、獰猛に体をぶつけ合う。

ふと、前世で親友のみっちゃんと編み出した技を思い出す。
『この技を使えたら、凄くない？』
あまりに凄い技だったから、一度も成功した事は無かったけど。
今なら！
相撲魂（スピリッツ）が高速回転している心技体が一体になった今なら。
放つ事ができるかもしれない。
あの、夢の技を。

がしりとユスチンのベルトを引きつける。
「ぐっ!?」
雷のような速度で私の膝をユスチンの内股に入れる。
なんだ、放電？

パリパリパリ。

その足に彼を乗せるように引きつけ持ち上げる。

パリパリパリパリ。

細かい黄色い火花が私の体から散る。
「ぐっな、なんだっ!!　雷属性？　痺れるっ」

バリバリバリバリバリッ！

放電が強くなっている？
そして、全力で体をひねりユスチンの身体を雷のような速度で振る。

ドカーーーン!!


稲妻のように、私はユスチンを土俵の上に投げ捨てた。

黄色い光が爆発し、落雷のような音が轟く！

「ぐわあああああっ！！！」

ユスチンは頭から土俵に落ち、ごろごろと転がって下へと落ちていった。

――落雷櫓投げ（サンダーやぐら）！　成功したっ！

現世で考えていたのは、雷のような素早い櫓投げであったが、なぜだかこの世界では、雷属性が付与された投げ技になったようだ。

相撲は不思議だ。

行司が私の方へ軍配を上げた。

『フロォォチェェ』

わあっと観客席が沸いた。

「フローチェ！　フローチェ!!　すごかったよっ!!」

「ありがとうございます。リジー王子」

リジー王子が土俵に駆け上がって私に抱きついてきたので、嬉しくすぐったい。

はぁどすこいどすこい。

行司が懸賞金を軍配に乗せて差し出してきたので、手刀を切って受け取った。

封筒は手に当たると消滅し、中の金貨と薬瓶だけが残った。

「わあ、金貨だっ、その瓶はマジックポーション？」

私は瓶の栓を抜いて匂いを嗅いだ。

「これは、鬢（びん）付け油ですわ」

「何をするものなの？」

「髪を整える物ですわ」

お相撲の懸賞品らしいわね。

私は女性だから髷（まげ）は結えないけど、リジー王子を大銀杏（おおいちょう）に結ってあげたいわね。

猫耳大銀杏（おおいちょう）。

尊いですわあ。

はぁどすこいどすこい。


行司が消えて、ゆっくりと土俵が地面に下がっていく。

それと同時に相撲に熱狂していた下働きや兵士、メイドがバツの悪そうな顔をしてゆっくりちっていく。

しばらくすると、土俵は完全に消え、魔導灯に照らされたエントランスロードには、私とリジー王子、気絶して倒れたユスチン氏と、クリフトン卿だけが残された。

「すげえ、本当にすげえや、フローチェ、あんたは」

にんまり笑ってクリフトン卿はユスチン氏の巨体を引きずり、城門への道を開けた。

「ありがとう」

「また、戦ってくんねえか、俺と、それから師匠ともよ」

「次の場所で、また仕合いましょう」

私とリジー王子は城門をくぐった。


「フローチェお嬢様〜〜〜!!」

私の粗忽(そこつ)メイドのアデラが馬車に箱乗りをしてやってきた。

「なんか、王城が変なのですよ、早く帰りましょう、あら、その子は、まあっ、素敵な美少年、私はアデラって言うのよ、フローチェお嬢様付きのメイドです、まあまあ、耳がっ、猫耳、すごい、尊いっ」

「こ、こんにちは、アデラ、僕はリジーです」

「まーーーっ!!　まーーーっ!!　リジー第二王子ですのっ!!　まあまあまあっ」

「アデラ、うるさい、早く馬車のドアを開けて」

「はい、お嬢様っ」

本当にうるさい粗忽メイドめ、鯖折りを掛けるわよっ。

私は王子に続いて馬車に乗り込もうとした。


アリアカ城のバルコニーにいくつかの人影を見た。

その中の一人の気がぐんぐん大きくなっていく。


竜殺しの王国近衛騎士団長、エアハルト・ブロン……。


アリアカ国の横綱だ……。

いつかは奴と戦う。

だが、今日では無い。

その日まで、私は心技体を鍛え、筋肉を付け、体重を増やす。

次の王城場所で、勝負だ、エアハルト！

私は馬車に乗り込んだ。

「あの、目的地はタウンハウスですか？」

「違うわ、ホッベマー領に戻り、兵を集めます」

「は？　はああああっ？　ど、どうしてですかお嬢様、クーデターですか？」

「違うわアデラ。これは反乱ではないわよ」

私はニヤリと笑った。

「これはリジー王子を王位に就けるための、地方巡業よっ」

「よくわかりません、お嬢様～」

リジー王子がくすりと笑った。

アデラが窓から身を乗り出して御者に行き先を伝える。

どこからともなくリズミカルな太鼓の音が聞こえてくる。

ああ、跳ね太鼓だ。

お相撲の場所が終わった合図の太鼓。

こぼれ落ちてくるような満月の夜、私たちを乗せた馬車は、跳ね太鼓の音色と共に、一路ホッペマー領を目指して夜道を駆けていった。

幕間：アリアカ城バルコニーからエントランスロードを望む

「逃げてしまう、逃げてしまうわ、フローチェとリジー王子がっ、どうして、どうしてもっと早く王子を殺しておかなかったのっ!!」

バルコニーに聖女ヤロミーラの怒声が響き渡ります。

柵を両手でばんばんと殴り、目は血走って悪鬼のようです。

「だ、だが、リジーを殺すのは戴冠式の後だと言ったのは君だろう、ヤロミーラ」

あちこちアザだらけで、髪も乱れたジョナス王子が返事をします。

とても憔悴(しょうすい)している様子です。

「戴冠式の夜にリジー王子を殺し、そのあとフローチェを殺して罪をなすりつけるつもりだったのにっ!! どうして、どうしてっ!! 相撲なんて職業(ジョブ)が生えてくるわけっ!! あり得ないわっ!!」

ヤロミーラはバリバリと綺麗にセットした髪をかきむしります。

「今すぐ、今すぐ、あの二人を殺さないとっ、殺さないと、こっちが破滅だわっ、断頭台に上がるのは私たちよっ、ジョナス!!」

「わ、解っている、解っているとも、明日、日が昇ったらマウリリオ将軍に国軍を編成させて、追っ手として出す、そ、それで大丈夫だ、殺せるよ」

「今すぐ、今すぐよっ!!　オーヴェッ!!　オーヴェはいないのっ!!」

後ろに控えていた神官が顔を上げました。

「オーヴェ騎士団長はフローチェ嬢に負傷させられたので、神殿へ帰りました」

「誰でもいいわっ!!　聖騎士団へ通達!!　悪鬼フローチェにリジー王子がさらわれたわっ!!　今すぐ追っ手を出して捕縛なさいっ!!」

神官は目を泳がすと、顔を上げました。

「神殿騎士の半数はヴァリアン砦の警備に付いています。現在動かせる隊は……」

「ちっくしょうっ!!　なんて使えないのっ!!　クズ、クズどもよあんたたちはっ!!」

バルコニーのガラス戸を開けて、大柄な偉丈夫がバルコニーに入ってきました。

アリアカ王国近衛騎士団長エアハルト・ブロン伯爵です。

「どうしました、おかんむりですね、私の可愛い聖女さま」

「エアハルトッ!!　今すぐあの二人を追いかけて殺してっ!」

エアハルトは目を細めて走り去る馬車を見ています。

「まて、ヤロミーラ、近衛騎士団長なら、あのスモウに勝てるのか?」

「ぐっ!」

「倒せますよ、所詮子供のゲームではないですか」

「何か神聖系の術式が動いているわっ、剣ではあのオーヴェでも勝てなかったのよっ！」

あはははとエアハルトは鷹揚に笑います。

「剣なぞ使いません、ユスチンのように拳もね。使うのは短剣、両手に持った方がいいですね」

「短剣？」

「あのスモウとやらは超接近戦で戦う体術のようです。ならば接近戦用に短剣を使えば良いだけのことです」

「そうか、ナイフならば組み付かれても刺せる」

ジョナス王子がうなずきます。

「よし、それなら、近衛騎士団長、今すぐ、あの逆賊を追いかけ、討て！」

「ま、まちなさいっ！　彼が負けたら？」

「い、いや、それは……」

「近衛騎士団長が万が一負けたら、そこで私たちは破滅よっ」

「やらないと解らないだろう、そんな事っ!!」

怒鳴り合いを始めたヤロミーラとジョナス王子を見て、エアハルトは目を細めて笑います。

「やれやれ、器が小さいとは悲しい事だな」

小声でそうつぶやくと、彼は遠くなる馬車を見つめます。

「光の聖女が墜ちたら、次はスモウの聖女か、女神め、存外思い切りが良い」

くっくっくとエアハルトは含み笑いを漏らします。

「だが、まだ小魚だ、もう少し太らせてから食べるのが良いだろうね」

そう言って、アリアカ王国近衛騎士団長であるエアハルトは、手首の鱗を隠すように手袋を直しました。

「私が統(す)べるべき絶望と暗黒の世がひたひたと近づいているのだね……」

エアハルトは愉快そうに含み笑いを漏らします。

月は皆の上で煌々(こうこう)と光輝いています。

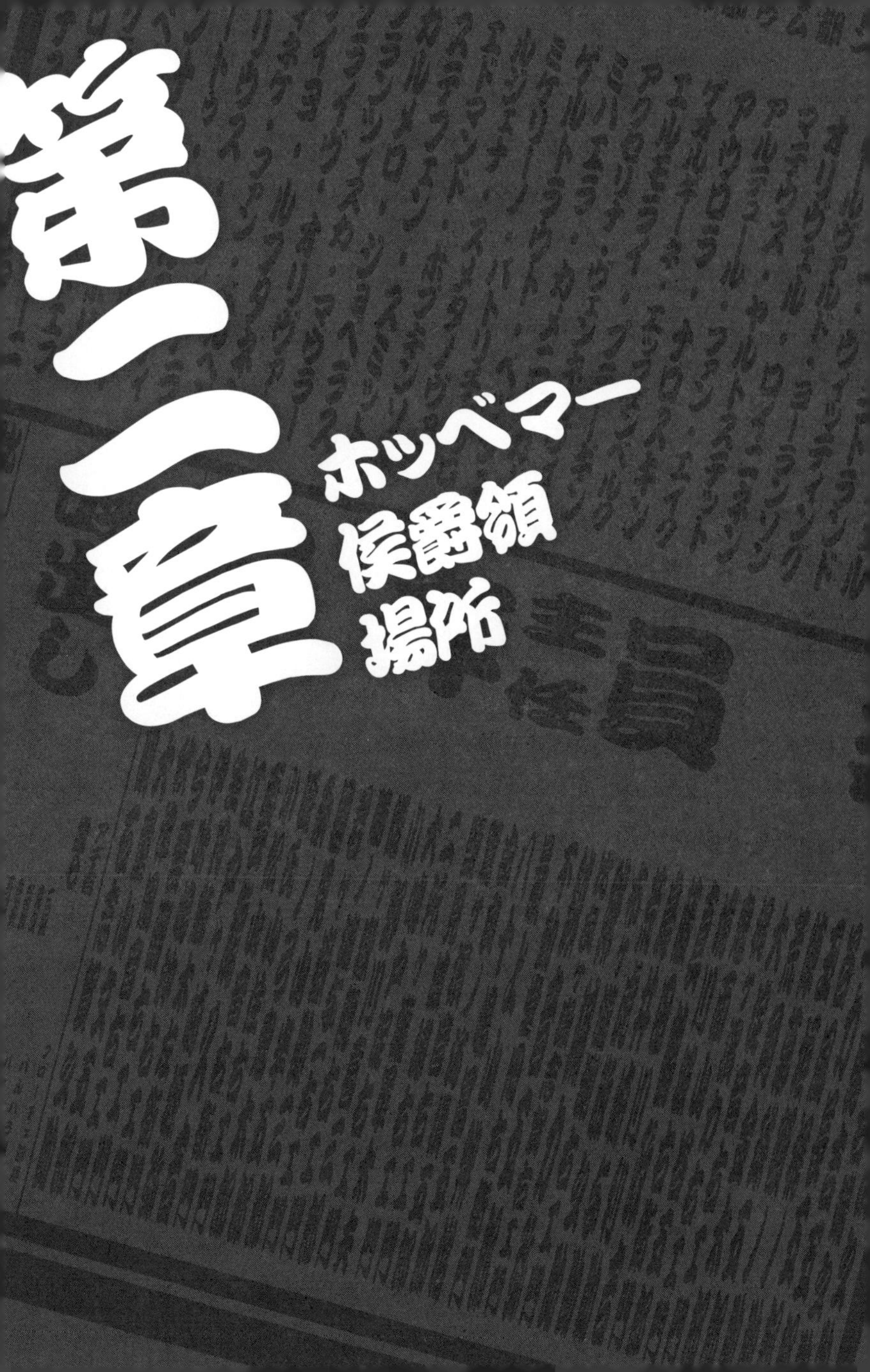

第二章

ホッペマー侯爵領場所

馬車を四時間走らせた所にある村で宿を取る。

もう台所は閉めてしまったそうだが、食材はなんでも使って良いそうだ。

にんじん、ジャガイモ、タマネギ、山鳥の肉、キャベツ、キノコ……ふむ。

ここは乙女ゲームの世界だから、前世の野菜と同じ物が多い。

調味料は、砂糖とごまか、王都だったら味噌や醤油も調達できるのだが、田舎の村ではしかたがあるまい。

「お嬢様、お嬢様は料理なんかしたことが無いでしょうに、なんで食材を睨んでるんですか、万事、アデラにお任せですよっ」

「いいえ、今日は私が作るわ」

「作るって、野菜の皮一つ剝いたことが……、って、剝いてる～、しかも手際いい～」

うるさいぞ、粗忽メイドめ、股割りさせるぞ。

「いつお料理なんて習ったんですか、ずるいですよ、アデラの存在意義が減ってしまいます、で、何を作るんですか、当然これならシチューですよね」

「ちゃんこを作るわ」

「ちゃんこってなんですか？　美味しいんですか？　どこの料理ですか？　どうやって作るんですか？」

「アデラはじゃがいもを剝いてね」

「わかりました～」

ちゃんことというのは、一種類の料理の名前ではない。

相撲部屋で作って力士が食べる料理の総称だ。

だから、カレーを作ったら、カレーもちゃんこなのだ。

だが、基本的には寄せ鍋がちゃんこと呼ばれている事が多い。

わが愛するリジー王子に、是非とも私のちゃんこを振る舞いたいのだ。

地下牢で三日も過ごしていたのだ、お腹も空いているだろう。

「ちょ、ちょっと、お嬢様、たしかに食材はいくらでも使って良いと宿屋のご主人は言ってましたが、あんまりにも作りすぎじゃないですか、やだなあ、料理の分量を間違えるなんて、初心者には多いんですよね。じゃあ、剥いてしまったジャガイモはふかして保存食として持っていきましょうね、そうしましょう」

「何を言ってるの？　アデラ、これくらいは食べるわよ」

「え？」

「リジー王子にも沢山食べて貰いたいのだけれど、私も沢山食べて体重を上げて、筋肉を付けないと」

アデラが涙目で私の肩にすがりついた。

どうした？

「お、お嬢様～～、恐ろしい事を言わないでください～、太って、筋肉を付けて醜くなられたお嬢様なんか見てられません～、お嬢様は今の体型で、今の体重が一番よろしいのです～、何時までも美しいお嬢様でいてください～」

「駄目よ、戦うためには、重く、強くならなくてはいけないの。体重を上げて筋トレをするわ」

「うわあああん、いやだあ、いやだああ、今のままの美しいお嬢様じゃなければいやだああっ！」

うるさい粗忽メイドめ、撞木反り(しゅもく)で投げ捨てるぞ。

「どうしたの？　なんでアデラは泣いているの？」

「わあああっ、リジー王子っ！　お嬢様が太りまくって筋肉を付けるって言うんです～～」

「そ、それは、その」

リジー王子が上目使いでこちらをチラチラ見てくるぞ。

尊い。

はぁどすこいどすこい。

「本当なの、フローチェ？　太ってしまうの？」

「相撲取りは体重があると有利ですから」

「だ、駄目だよ、フローチェ、太っては駄目～」

リジー王子が泣きそうな顔で私の袖をつかんで振ってくる。

はあああっ、尊い。

猫耳も悲しそうにピクピク動く。

はぁどすこいどすこい。

「い、いくらリジー王子のお願いでも駄目です。私は体重を上げて、筋肉を付けて、誰と戦っても負けないようにならないといけませんのよ」

「駄目なの～、フローチェ。僕は今のままの綺麗なフローチェが好きなんだけどなあ」

ぐら。

ぐらぐらぐら。

心揺れまくり。

いけない、猫耳王子のお願いの破壊力がパない。

すっごいキラキラしておる。

鼻血が出そう。

はぁどすこいどすこい。

「と、とにかく、ちゃんこが出来たので食べましょう。リジー王子もお腹が空いたでしょう?」

「うん、牢では水と乾パンしか出なかったから、お腹がぺこぺこだよ」

うん、ジョナス王子とヤロミーラは今度会ったら叩き殺そう。

今決めた。

奴らめ、私の可愛いリジー王子になんて事を。

沢山食べて大きくなってくださいね。

でもほどほどに大きくなってくださいね、ユスチン氏みたいにゴリマッチョになったら泣きます。

ちゃんこが煮えたので、テーブルの上に鍋敷きをひいて置く。

うん、良い匂い。

塩ちゃんこだけど、鶏ガラで出汁を取ったし、野菜も新鮮だから美味しそうね。

「わあ、凄い、シチュー？」

「ちゃんこですよ」

「お嬢様、椀によそいましょうか。はあ、なんて沢山なのかしら」

「おねがいね、アデラ」

本当はお箸で鍋から直接取りたいのだけど、お箸も無いしね。

シチューみたいにして食べるのもしかたがないわ。

「美味しいっ、美味しいよ、フローチェ！　わあ、こんなの初めて食べたよ」

「あら、美味しいっ、お嬢様ったらいつの間にこんなにお料理の腕を上げたのですかー。タウンハウスの調理室に入った事を見たことが無いんですけどっ」

ほくほく。

あら、お芋が美味しいわ。

鶏の出汁もよく出ていて、お野菜となじんでる。

この世界の素材は美味しいのね。

リジー王子は何度もおかわりをした。

アデラも沢山食べた。

私も頑張ったのだが……。

ちゃんこが余った。

前世ではこれくらいの量、一人で食べたものだったのに。

この体、ご飯があまり入らないわ。

そういえば、相撲に目覚める前のフローチェの食事シーンを思い出してみれば、小鳥の餌ぐらいしか食べてなかったわ。

「お嬢様、よくお食べになりましたね。アデラはビックリでございます」

「残っちゃったねえ、明日の朝に食べようか」

温め直したちゃんこはそんなに美味しくないのよね。

どうしようか。

「「その料理、俺たちに食わせてくれ」」

あら。

あなたたちは……。

バンと宿屋のドアを開いて入ってきたのは、汗がびっしょりのユスチン氏とクリフトン卿であった。

「あら、どうしましたの？」

「フローチェを追ってきた、走ってきたので腹が減った、食べてもいいか？」

ユスチン氏は重々しく食事をねだった。

「どうぞ、余り物ですけれど、食べていただけたら嬉しいわ」

「助かるぜっ、うわあ、良い匂いだなっ、空きっ腹にこたえるぜっ」

さっそくクリフトン卿は席に着き、アデラの渡した椀の中身をかきこんだ。

「うめっ、うめっ、なんだこれ、初めて食べるが、すげえうめえぞっ、師匠」

「ぬうっ、なんという美味、タマネギの甘さとにんじんの甘さが絡み合い、鶏の出汁、キノコの出汁が調和して天上の逸品のごときだ」

ユスチン氏は食通のようだ。

「ちゃんこって言うらしいですよ、お嬢様の手作りですよ、そんなの滅多に食べられませんよ、さあ、おかわりしましょうねー」

二人とも健啖家のようで食べる食べる。

我々の食べ残しをぺろりと平らげて、パンをガジガジと囓っている。

「それで、なんで私たちを追ってきたのですか？」

ユスチン氏が椅子の上で姿勢を正し、私に向かって頭を下げた。

「俺と、この馬鹿弟子を、あんたの弟子にしてくれ」

「頼むよ、フローチェ、俺たちはスモウにメロメロなんだ、覚えたい」

「スモウはアリアカ式レスリングよりも幻想的で強い。是非覚えたいんだ」

なんと、弟子の希望者でしたか。

どうしようかな。

「お嬢様は格闘技なんかやってませんよ、失礼なっ。なんですかそのスモウとかいう変な格闘技は、きっと殿方が半裸でくんづほぐれつする卑猥なプレイなんですよっ」

「だいたい合っているわ、アデラ」

「へっ?」

私は立ち上がった。

「わかったわ、入門を認めます、これから私の事はフローチェ親方と呼ぶようにおねがいしますわ」

「親方か、生産ギルドの長みたいだな、フローチェ親方」

「ありがとうございます、フローチェ親方、誠心誠意スモウの修行をしたいと思います」

やっぱりこういう対応の違いが小結と小僧の違いなのかしらね。

「フローチェ親方、僕も僕もっ」

「リジー王子もですか?　修行はつろうございますわよ」

「大丈夫、僕も修行して、フローチェ親方みたいに悪い奴を倒すんだ」

私は思わず微笑んで、リジー王子の頭をかいぐりかいぐりと撫でてしまった。

「解りました、王子の入門も認めますわ。でも、親方よりも王子の方が偉いので、今までどおりフローチェでいいですわよ」

「わかった、フローチェ、わあいわあいっ」

リジー王子が躍(おど)り上がって喜んだ。

「俺も偉いからフローチェでいいかな」

「お前は駄目だ、馬鹿弟子」

「ええ!!」

アデラが眉間に深いしわを浮かべて私を見ていた。

「お嬢様、いったい何を始めたんですか？　なにかの宗教とかですか、だったら駄目ですよ。アリアカ王国では結社の自由がありませんから、衛兵が飛んできますよ」

「結社じゃないから大丈夫よアデラ。相撲部屋はスポーツの団体だから」

「スモウベヤってなんなんですか？　いったい？」

「そうね、言ってみれば、クランみたいなものね」

クランというのは冒険者の団体で、パーティの上になる。

クラン本部を作って、参加しているパーティに便宜を図る団体だ。

「フローチェ部屋(クラン)ですか、そうですか、あの、それって私も参加させられるのでしょうか？」

「何を言ってるのアデラ、あなたは私のメイドでしょう、参加は当然よ」

「えええええっ!!　いやですっ、半裸で男性とくんぐほぐれつしたくありません～～！　お嫁入り前なんですよ私はっ!!」

「別にスモウを覚えなさいと言ってはいないわ。フローチェ部屋の雑用などをしてちょうだい」

まったく何を言ってるのか、この粗忽メイドは、二丁投げで転がすぞ。

「あ、そうでしたか、それならば問題はありません」

「それでは、明日、木綿で長さ六メートル、幅四十五センチの布を四つ折りにしたものを四つ調達してきてちょうだい？」

「は、はあ？　何するんですか、その長い布で？」

「みんなの廻(まわ)しを作るのよ」

「マワシ？」

明日になれば解るわよ。

ちゃんと固い木綿はあるかしら。

「あ、それから、ジョナス王子が国軍を編成して、親方をおっかけてくるらしいぜ」

「ああ、聞いた聞いた、一万人編成するってよ、どうする？　フローチェ……親方」

「一万人の軍隊……」

「ど、どうしよう、フローチェ」

リジー君がぷるぷる震えている。

猫耳も震えている。

尊い。

はぁどすこいどすこい。

「相手にとって不足は無いわ、一対多の相撲の奥義を見せてやるわ」

「へへっ、それでこそ、フローチェ……親方だぜっ」

「しかし、スモウは基本的に近接格闘技ではありませんか、どういたしますのか」

「逃げましょう、逃げましょうよ、お嬢様、一万人の軍隊だなんてっ、かないっこないですわよっ!!　ハリアーップ!!」

うるさい黙れ、この粗忽メイドめ、河津掛けで転がすぞ！

「大丈夫、私に秘策があるわ、親方にお任せよっ」

「ふむ、心強いな」

「やっぱり、おもしれえ女だ、親方は」

「大丈夫なんだね、信じてるよ、フローチェ」

「逃げましょうよう」

うるさいわね、アデラは。

「では、ここに、フローチェ部屋の設立を宣言します」

私が立ち上がり宣言すると、空中から、五つの物体が落ちてきた。

「なんだ？　これは」

「怪しい物が。親方下がりなされっ」

「なに？　なに？」

私はテーブルの上に降りてきた物体を確認した。

いろいろな色の廻し（まわ）であった。

クラン設立の特典かな？

ふむ、五人分。

赤いのをユスチン氏に渡した。

青いのはクリフトン卿だ。

黄色いのは短い、リジー君だね。

紫色のをアデラに渡した。

そして、黒いのは私ね。

「相撲はこれだけを着けて戦うのよ」

「これがマワシ……」

「い、いや、ちょっと待て、裸にこれだけか？」

「文句を言うな馬鹿弟子、本場のレスリングはフルチンだぞ」

「だ、だけどようっ」

「わあ、これでみんな仲間なんだね、うれしいっ！」

「ようございましたな、リジー王子」

「うん、ユスチンさんっ」

アデラが目を半眼にして私を見ていた。

「わーたーしーはーいーやーでーすー」

「雑用係は別にいいわ」

アデラがほっとすると紫色の廻しが消えた。

「あ、私のがっ」

代わりに空中から法被が降りてきて、アデラの肩に掛かった。

「わ、上着、綺麗な布、これは素敵ですね」

クリーム色の法被を着たアデラの背中に大きく「なとり」と書いてあって、私は吹き出すのを必死にこらえた。

アデラは呼び出し扱いになったみたいね。


部屋のシャワーを浴びたあと、私はベッドに身を横たえた。

怒濤の一日だった。

まさか私がヤロミーラの平手を浴びて前世の記憶を蘇らすとは思ってもみなかった。

そして相撲があんなに強いとは。

前世の相撲よりもマジカルな分、ずっと強い。

もともと「光と闇の輪舞曲（ロンド）」にはＲＰＧパートが無いのである。

そこに相撲システムをぶち込んでいるので、いろいろと不具合が出ている感じがする。

世界が崩壊しなければ良いのだけれど……。

◆ ◆ ◆

ドアがこんこんと鳴ったので立ち上がった。

「はい？」

「フローチェ、起きてる？」

リジー王子の声がした。

なんだろう、こんな夜中に。

ドアを開けると半泣きのリジー王子がいた。

私はしゃがんで目線を合わせた。

「どうしたんですの？」

「よかったー、よかったー、本当にフローチェはいたんだ」

「いますよ」

「うん、よかった、僕が牢屋で見ていた夢じゃないんだ」

私は微笑んで、リジー王子の頭を撫でた。

怖い思いをしてらっしゃったのね。

そうよね、実のお兄さんと鬼婆のヤロミーラに監禁されてたんだから。

「私と、いっしょに寝ましょうか、リジー王子」

「え、でも、僕は男子だから、女の人と寝るのはその、ちょっと……」

私は優しくリジー王子を抱きしめた。

猫耳から太陽の匂いがする。

「富士のや白雪〜♪　朝日でとける〜、娘や島田は〜♪　情けでとける〜」

あら、私ったら、うっかりちょっと色っぽい甚句を詠ってしまったわ。

はぁどすこいどすこい。

「綺麗な歌だね。……明日の朝、誰かに笑われないかな？」

「王子を笑うような粗忽メイドは、浴びせ倒しで潰してやりますわよ」

「あはは、アデラをあんまり虐めないであげてね」

「かわいがりをしているだけですわ」

リジー王子をお姫様抱っこで抱え上げ、ベッドへと運んだ。

はぁどすこいどすこい。

さあ、今宵は夜の大一番ね。

ベッドの上での横綱決定戦が始まるわ。

さながら私は魔性の女。

はぁどすこいどすこい。

と、思ったのだけど、ベッドの上に運んだリジー王子はすやすやと寝ていた。

疲れてらっしゃるのね。

私はリジー王子の髪を直して、彼の隣に潜り込んだ。

ああ、リジー王子は子供だから体温が高くて温かいわ。

私はリジー王子を抱きしめて寝た。

夜の大相撲も、魔性の女も、また今度で良いわ。

今は、ただ、眠って体力の回復に努めましょう。

リジー王子は温かい。

「あひぃ……」

アデラの小さい悲鳴で目が覚めた。

瞬時にベッドから降りて立ち上がる。

アデラはこちらを見ずに、部屋の外に逃げ出した。

当然追う。

奴はどこまでも逃げる。

階段を下り、食堂を抜け、井戸の近くまで来た。

そこで、奴は振り返る。

「きゃーっ!!　お嬢様っ!!　玉の輿おめでとうございますっ、一発お子さんが出来たら国母ですよ、国母、跡継ぎ誕生で、侯爵様も外戚になれてバンバンザイですね、バンザーイバンザーイ」

とりあえず、奴の目の上にアイアンクローをかます。

「添い寝だけですわっ」

「そりゃざんねん……、いたいいたい、イタタタタッ!!　その技、地味に痛いですっ!!」

騒がしいので粗忽メイドをアイアンクローから解放してあげた。

なんだか奴は超涙目になっていた。

「まだ十二歳ですものねえ、でも、これから大きくなったらワンチャンありますよ、ワンチャン。お嬢様も十八歳ですし、若い二人が新しい命を授かり、新しい王国を築いて栄光の未来を築くのですっ」

「まだ、出会ったばかりよ、先は解らないわ」

「またまた～～。もうもう、リジー王子はすっかりお嬢様になついておられますよっ、やりましたね、これで侯爵家も安泰ですよ」

うるさいわねっ、なとりの法被を着ている粗忽メイドのくせにっ。

何が楽しいのか、ウキウキと踊るアデラを放置して私は考え込む。

空を見上げる。

良く晴れてるわね。

今日は一万の軍勢と戦わないといけないわ。

あとで、ユスチン氏と、クリフトン卿に軍略を相談しなければ。

その前にフローチェ部屋として、朝稽古をしてから、ちゃんこね。

本式の力士は、昼前と夜の二食なんだけど、ここは異世界だからしかたが無いわ。

「おう、おはよー、フローチェ親方、へへ、今日はまた色っぽい格好だな」

「馬鹿弟子、お前、デリカシーというものが無いぞっ」

あ、いっけなーい、寝間着のままだったわ。

私ったら、急いで着換えないと。

寝間着なんか家族以外に見せるものでは無いわ。

はずかしいっ。

慌てて宿の自分の部屋に戻ると、リジー王子はもういなかった、自分の部屋にお戻りになられたのかな。

アデラが着替えの入ったトランクを持って入ってきた。

これらは我が家の馬車に積まれていたものだ。

寝間着もここから出してきた。

リジー王子に似合う服がこの村に置いてあるとは思えないが、店が開いたら探してみよう。

三日間牢の中で着替えもできなかったので、王子のお召し物は少々煤(すす)けている感じだし。

でも、まずは、着替えて、朝稽古だわっ。


さて、ドレスを着替えてマワシをするわ。

実は、昨晩、大変な事を発見してしまって、ショックを受けているの。

この世界は乙女ゲームなので、ディフォルトで服装が決められてるっぽいわ。

もちろん、お風呂とか、自室でくつろぐ時とか、粗忽メイドを追いかけて裏庭までうっかり寝間着で出る時とか、そんな時は服装を変える事はできるのよ。

たぶん、学園とか、王宮とか、フォーマルな場所ではドレスコードが世界に掛かっていて、悪役令嬢だった私はドレスにハイヒールしか身に着けることができないみたいなのよ。

で、召喚してきた土俵もフォーマルな場所扱いらしいのよ。

土俵上でハイヒールを脱ごうとしたら脱げなかったわ。

あと、普段着でも入れないわね。

これはきっと、乙女ゲームの世界に、相撲要素を投げ込んだ悪影響ね。

ですからこれからも私はドレスにハイヒールで土俵に上がる事になるわ。

ただ、ドレスでもマワシはしたいわ。

昨日のような緊急事態の時はしかたが無いけれど、向こうには私がつかめるベルトがあって、こちらに無いのは正々堂々としていない気がするのよ。

相撲というのは、正々堂々同じ条件で戦うのが基本よ。

神事なのだから、勝った負けたは神様が決める事、我々力士は鋭意努力を重ねて、勝率を上げるのが本道なのだわ。

なんとか方法はないかしらと首をひねっていると、相撲感覚(センス)が何かを伝えてこようとしている。

「また新機能かしら、おしゃれチェンジコーナー？」

そう唱えた瞬間の事だった。

軽快なＢＧＭが鳴り、私は光が飛び交う異空間にいた。

「これは……。『光と闇の輪舞曲（ロンド）』のオマケコーナーのキャラクターおしゃれチェンジコーナーだわ」

ヒカヤミでは、スチルの回収状況やエンディングを踏んだ数に合わせて特典が出て、その一つが、このおしゃれチェンジコーナーの服装だった。

ヒカヤミのヒロインや攻略対象、はては悪役令嬢の私にまで、いろいろな服が用意されていて、着せ替えて遊ぶという、女児が喜びそうなオマケであった。

前世の私もはまってしまい、リジー王子の体操服欲しさに、見たくもない大魔道士ダグラスのエンドを踏んだりしたものでしたね。

しかし、マワシで悩んでいたのに、なぜここに？

と、いう疑問はすぐに解けた。

おしゃれグッズの中に真っ黒なマワシが浮かんでいたからだ。

なんという違和感。

まわりはカチューシャだの、ハンドバッグだの、日傘だというのに、その中に、マワシ。

だが、その思い切りや良し。

私は念でカーソルを動かし、マワシをクリックした。

キラキラした音と共に、マワシがドレスの私の回りに動いてくる。

どうやら、マワシは、ハンドバッグや日傘などのおしゃれアイテム扱いのようだ。

ドレスとマワシがドッキングし、キラキラした効果音と共に、私は現実空間に戻ってきた。

腰にはがっちりとした黒のマワシ。

素晴らしい感触ね。

ちゃんとお尻の方からドロワースの上を通って、前で止まっているわ。

ドレスとの接合点は切れ込みが入っているようね。

素晴らしい。

これで、ますます相撲道に邁進できるというものよ。

私はドレスに黒マワシを着けて、颯爽と部屋を出て、宿の階段を下りた。

裏庭には、フローチェ部屋の面々がマワシ姿で柔軟体操などをしていた。


「フローチェ親方、おはようございます。お、腰の物はまさか」

「ええ、マワシを締めてみましたわ」

「素晴らしい、良くお似合いです」

そして、彼のマワシ姿は惚れ惚れしますね。

ユスチン氏は大人なので、口がお上手ですこと。

見事なソップ型の勇ましい姿。

レスリングは体重も必要ですから、うっすら脂肪が付いているのよね。

その脂肪が打撃に対する防御にもなるのですが、マワシ姿にとても良く似合います。

「ユスチン、マワシがよくお似合いですわね」

「ありがとうございます、フローチェ親方。これは気持ちが引き締まりますな」

「わはは、やっぱりドレスにマワシだったのか、フローチェ……親方」

それに比べて、クリフトン卿のマワシ姿の貧相な事。

乙女ゲームの細マッチョイケメンでも、筋肉量が足らないので、どうしても、電信柱にマワシを付けた感じになってしまうのね。

それに足が長すぎですわ。

「クリフトンはもっとちゃんこを食べて太りなさいませ」

「えーー、あーー、でもたしかに師匠みたいな体型は憧れるなあ」

「そうだぞ、馬鹿弟子、もっと食べて太れ」

「よし、頑張ろう」

クリフトン卿は性格がチャラいですが、格闘技を愛する心は本物ですわね。

そこは評価すべきポイントですわ。

「ど、どうかなフローチェ？」

リジー王子がもじもじと言ってきますが、パーフェクツ!!

黄色いマワシが、成長前の華奢な体に似合っていて、とてつもなくパーフェクツ!!

ああ、尊い尊い、尊い地平に私は溶けて消え去りそうですわ。

はぁどすこいどすこい。

「素敵ですわ、リジー王子、見惚れてしまいます」

「やん、そんなに見ちゃいやだよ」

ああ、恥ずかしがって猫耳がぴくぴく動くのが、なんという尊さ!!

ナイスファイトですわ、リジー王子!!

はぁどすこいどすこい。

アデラが褒めて欲しそうになとりの法被を着てすましてますけど、呼び出しに興味はありませんわね。

「さあ、朝稽古を始めますわよ」

「えー、お嬢様、わたしはわたしはっ?」

うるさいですわっ。

◆　◆　◆

「稽古場召喚(コール・スモウグラウンド)」

私が召喚の言葉を唱えると、土俵を備えた稽古場が宿屋の裏庭に出てきた。

あら、ちゃんとした荒木田(あらきだ)土が敷き詰めてあるわ。

高級ね。

ちゃんと鉄砲柱も立っているわ。

「うわ、すごいやっ」

「ほう、これは、踏みごこちの好い土ですな」

「土俵もあるな、さっそく相撲を取ろうぜ」

「待ちなさい、まずは股割りよ」

「股割り？　なんだそりゃ」

私は足を開き完全開脚させて地面にぺったりと付けた。

なんだか弟子達が怪物を見る目で見ているわね。

「最初から、こんなには開かないけど、だんだんと開けるようにするのよ」

私は股割りをしたまま、上体を倒し、背骨をストレッチした。

「股関節が柔らかくなると、地面への踏ん張りが利くようになるわ、さ、やってみて」

弟子達が、おそるおそる足を開いていく。

「いたっ、いたたたっ、股が痛てえよ、親方っ」

「あんまり無理をすると靭帯が切れるから、ほどほどにね」

クリフトン卿はあまり体が柔らかくないようだ。

それでも、かなり開いている。

「ふむ、ぬぬぬっ」

それよりも体が出来ているユスチン氏は良い感じに開いたが、最後の所で開ききれないようだ。

「毎朝開く訓練をしてね。中には数年かかる人もいるわ。でも、これをやる事で相撲の動きが格段に良くなるのよ」

「なるほど、足と腰の連動がキモなのですな。うむむっ」

「フローチェ、見てみて、出来たよ」

おお、わが愛するリジー王子は足を百八十度度開き、ぺったりとお尻を地面に付けておられる。

子供だから体が柔らかいのか、獣人の血のもたらす柔軟さか。

そんな理屈はどうでも良く、嬉しそうに笑うリジー王子がとても尊い。

はぁどすこいどすこい。

「素晴らしいですわ、リジー王子、お相撲の才能がありますわっ」

「そうかな、えへへへっ」

「体がやっこいんだなあ、リジー王子、凄いぜ」

「素晴らしいですなあ、王子」

稽古場の隅でアデラが足を開いているが、呼び出し係はやらんでも良い。

「いた、いたたたっ」

「意外と開くのね、アデラ」

「それはもう、メイドの仕事はしゃがむ事も多いですから、任せてくださいっ」

「でも、呼び出しはやらなくて良いわよ、土が乱れたら箒でならしなさい」

「えええっ！　足の開き損です！」

皆に股割りを毎朝やるように指示した後に、鉄砲柱に行って、てっぽうの説明だ。

てっぽうとは相撲の基本的な稽古の一つで、鉄砲柱と言われる木製の円柱に向けて左右の平手で突く、突っ張りを繰り返すものだ。

とりあえず、手本を見せるが、相撲魂(スピリッツ)の回転数が上がると柱を砕きかねないので、少々落としぎみにして、突っ張る、突っ張る、突っ張る。

右の突っ張りの時は右腰を入れ、左の突っ張りの時は左腰を入れる。

「すげえ、あの太い柱が揺れてるぜ」

「フローチェは地下牢の石の柱をあれで壊して、僕を救ってくれたんだよ」

「マジか……、てっぽうすげえな」

クリフトン卿が感心した声を出した。

「さあ、やってみて」

「親方、これは張り手とは違うんですな」

「そうよ、突っ張りは前後運動、張り手は少し弧を描くわね」

同じ突き技でも少し軌道が違うのだ。

いわば、ボクシングのストレートとジャブのようなものね。

ユスチン氏がてっぽうを始めた。

さすがアリアカ番付で小結なだけはある。

いい勢いで、てっぽうを打っているわね。

「これはなかなか良いですな。腰を落としたショートパンチのような感じですね」

「この技の使い手は、一突き半で相手を土俵から追い出したそうよ」

「それは凄い突進力ですな」

クリフトン卿がてっぽうを始めた。

なかなか筋がいい。

「もう少し重心を落として、これは突き押しの練習でもあるのよ」

「わかった、なかなか難しいな。腰がいてえ」

この世界の人間はあまり中腰では動かないものね。

無理もないわ。

リジー王子がてっぽうを始めた。

うん、うん。

ぺちぺちしているけど、尊いから良い。

はぁどすこいどすこい。

「手の出し方は、胸の所からまっすぐ前へです」

「わかった、こうだねっ」

「お上手です、リジー王子」

ペチペチ叩いていたのが、トストスという感じになった。

覚えが早いですわ。

一所懸命てっぽうを打つ姿の尊いこと。

はぁどすこいどすこい。

粗忽メイドはおとなしく、稽古場の踏み荒らした土の所に箒をかけてならしていた。

よしよし、それで良いのよ。

そして、四股の踏み方を教える。

足を広げ、片足を高々と上げ、膝に手を添えて地面を踏みつける。

それだけの動きなのだが、なかなか難しくてキツイ動きだ。

右足を高々と上げて、下ろす。


ドーン。

左足を高々と上げて、下ろす。

ドーン。


ああ、四股を踏むたびに空気が清浄になっていくようだわ。

新弟子のみんなは、まだ股割りで股関節が柔らかくなっていないので、動きがぎこちない。

特にクリフトン卿は足が長いのも相まって非常にみっともない四股だ。

「ああっ、これ難しいなっ」

「そうだな、だが、なんだか心の中が爽やかになっていく気がする」

「神聖なバフが掛かるみたいだな。覚えない手は無いぜ」

そんな中、リジー王子は良い感じに四股が踏めていた。

よいしょう、よいしょうという感じに彼が踏む四股は躍動的でとても尊い。

はぁどすこいどすこい。

やはり股関節が柔らかいからだろうか。

体重移動がとても上手い。

素晴らしい。

ブラボー。

尊い。

はぁどすこいどすこい。

「お上手ですね、リジー王子」

「フローチェの格好いい四股を見ていたから、僕もやりたいって思っていたんだ」

「ありがとうございます」

まあ、リジー王子ったら。

頬が熱くなってしまうわ。

はぁどすこいどすこい。

あ、なとりの法被を着た君はやらなくて良いから。

メイド服でやると相当はしたない感じよ。

ドレスでも同じなんだけど、ほら、私は一陣(いちじん)の相撲取りだから。

四股が終わったら、土俵をすり足で歩く練習を教える。

腰を落とし、すり足でリズミカルに両手を出しながら歩くだけなのだが、中腰なので慣れるまできつい練習だ。

みんなでひよこのようによちよちとすり足で歩くのは楽しくも愉快だ。

皆、笑顔でよちよちすり足で土俵の上を歩く。

皆、体も温まったので申し合いを始める。

これは、土俵の上で勝ち抜き戦を行う。

ユスチン氏の覚えが早く、なかなか手強いが、掛け技やすかし技で倒す。

クリフトン卿も力が強いが、まだまだ重心が高い。

腰に乗せて転がす。

リジー王子は可愛い。

体温が高い。

一所懸命私のマワシをつかみ押してくる。

一生懸命な顔がとても尊い。

はぁどすこいどすこい。

でも、転がす。

リジー王子は猫のようにころころ転がって土俵を割った。

「さあ、次はぶつかり稽古よ」

「「「はいっ」」」

ぶつかり稽古は攻め手と受け手に分かれて、土俵際の駆け引きを学ぶ練習だ。

ああ、なんだか久しぶりにいい汗をかいたわ。

アデラと共に朝のちゃんこを作る。

豚肉があったので豚塩ちゃんこね。

「またちゃんこですか。朝から重くないですか、お嬢様。朝は優雅にハムエッグとクロワッサンとか、あっさりミルクポリッジとかですね、そういう物を食べて、起き抜けの胃をいたわるものじゃないんですか」

「うるさいわね、アデラ、朝稽古したから、起き抜けじゃないわよ」

アデラはうるさいけど、家事の腕は折り紙付きだ、くるくるとジャガイモを素早く剝いていく。

私は、タマネギを刻み、キノコを洗って手で裂く。

「男の方もいるけど、量は昨日の半分ぐらいでいいですね」

「同じ量を作るわ」

「お嬢様～～～。朝からみんなそんなに食べませんよっ。残ったらどうするんですか、ちゃんこは汁物だからお弁当にも出来ないんですよ」

「うるさい、手を動かしなさい」

まったく、粗忽メイドめ、蹴手繰り（けたぐり）を掛けて転がすぞ。

鍋一杯のちゃんこができあがったので食堂へ運ぶ。

「うわあい、朝からちゃんこだっ！」

歓声を上げるリジー王子の可愛らしい事。

対してクリフトン卿は顔を引きつらせている。

「あ、朝から重くないか、親方」

「黙って食え、馬鹿弟子め」

「だってよう、師匠。朝って言ったら、もっと軽いもんでよう」

クリフトン卿は乙女ゲームの住人だから、小洒落た食生活が身についているのね。

「相撲が強くなるには、食事も稽古のうちなのよ」

「そうなのか、しょうがねえな。おっ、おお、うめえっ」

なんだかんだ言っても、しょせんは男の子、美味しい物を食べると上機嫌だわ。

「今日も美味しいねっ、フローチェありがとうっ」

「いいんですよ、たんと食べてくださいね」

私もちゃんこの椀を持ち、スプーンで食べ始める。

美味しい。

キノコと豚さんから良いお出汁が出ているわね。

お箸とご飯が欲しいわね。

領都で売ってたかしら。

王都でおにぎりが売っていたから、この世界には、お米も、お醤油も、お味噌もあるはずなんだけど。

私は、ちゃんこをがんがん食べたのだけど、リジー王子の食事の量よりちょっと上ぐらいしか入らないわ。

こんな事では理想の相撲取り体型になれないわ。

困ったわね。

「ごっちゃんです」

「ごっちゃん？」

「お相撲取りのごちそうさまの挨拶ですよ、リジー王子」

「そうか、ごっちゃんですっ」

そう言って笑うリジー王子のお顔の尊い事。

ああ、魂に突き刺さりますわ、萌えますわ。

はぁどすこいどすこい。

「俺も、ごっちゃんです」

「私も、ごっちゃんでした」

男の人がいると食事がはかどるわね。

あれだけあったちゃんこも大体食べきった感じね。

「わあ、お腹がいっぱいですよ、お嬢様、ごっちゃんです」

あなたはいいわよ、呼び出しの人。


アデラに食器の後片付けを頼んで、テーブルの上を拭いた。

宿にあった地図を広げる。

「クリフトン卿、軍隊の想定通過時間は？」

「そうだな」

クリフトン卿は腕時計を見た。

「軍の活動が八時半からだから、今頃は王城の広場で編成が終わり、移動し始めた頃だ」

「そう」

この村の近くに橋がある。

「この橋に軍勢が到達する予想時刻は？」

「午後二時って所か」

「解りました、この橋の上で軍を迎撃します」

「わかった、橋を焼き落とすんだな」

何を言っているのだ、このチャラ格闘家は。

「このドビアーシュ橋の上で、私が一人で軍勢と戦います」

「「「「！！！」」」」

驚愕がフローチェ部屋の皆を襲った。

「む、無謀だっ！　フローチェ……親方」

「一万人の軍勢は、一人でどうこうなる物ではありませんぞ、いかな豪傑でも思い上がりという物です」

「だ、だめだよう、フローチェ、死んじゃだめだよう」

リジー王子が胸の前で両手を握って、涙目でこちらを見つめてくる。

ふおっ、ふおっ、と、尊い。

軍隊との対決やめちゃおうかなっ。

はぁどすこいどすこい。

とか、思ったら、胸の奥で相撲魂（スピリッツ）が怒ってくるくる回った。

ごめんごめん。

「お嬢様、逃げましょう逃げましょう、ハリーアップ。どうせ軍隊なんか、足が遅いんですから、ホッベマー領都に先に入れますよっ」

「領都を軍隊が囲んでしまうわよ？」

「そ、それはその、領都軍とかが、やっつけてくれますよっ、お嬢様が頑張る事はないんですっ」

「領都軍は総数五千よ、かなわないわよ」

「ろ、籠城(ろうじょう)すれば、攻め手は防御側の三倍無いと攻略は出来ないと聞きますから、大丈夫大丈夫」

なんで普通に軍事知識があるのだろうか、この呼び出しさんは。

何者なの？　アデラは。

「援軍も来ないのに籠城(ろうじょう)なんかできないわ」

私は指でドビアーシュ橋を押さえた。

「ここで、一万の軍を倒します。大丈夫です、なぜなら、できる、倒せる、一万人の軍勢なぞ何する物ぞと、そうささやくのよ、私の相撲魂(スピリッツ)が」

食堂は沈黙に包まれた。

「フローチェ……親方」

「それにね、みんな、たかが軍勢一万人を倒せないようでは、ヴァリアン砦も落とせないし、アリアカ城も落とせないわ」

「親方、本気なのですね」

「私はリジー王子を助けたいわ。この私に宿った相撲でね。ユスチンとクリフトン卿は橋の手前で王子を守ってちょうだい」

「かしこまりました、命に代えても」

ユスチン氏は、重々しくうなずき、頭を下げた。

「フローチェ!!」

リジー王子が私に飛び込んで抱きついてきた。

「フローチェ、が、がんばってっ！　し、死なないでっ!!」
子供特有の熱い体温がお腹に伝わる。
熱い涙がドレスの胸に降りかかる。
大丈夫。
大丈夫。
私と相撲を信じてください。
ゆっくりとリジー王子の頭を撫でる。
ふかふかとした猫耳の手触りが、私に勇気をくれる。
「お約束します。リジー王子に勝利をお届けすることを」
リジー王子は泣き声で、うん、うんとつぶやいている。
胸が熱くなる。
必ず、勝つ。
そう堅く誓って、私は立ち上がった。

午後二時前だ。
私は一人ドビアーシュ橋の上に立つ。

トンビだろうか、頭上の遠くくるくると鳥が円を描いて飛んでいる。

私の背後、リンゴの木の下で、リジー王子がユスチン氏とクリフトン卿に守られてこちらを見ている。

遠くの山の峠から、平地へとこぼれ出すように黒い軍団が現れてこちらへ向かってくる。

先行している斥候騎馬が近づいてきた。

「そこをどけいっ！　女っ！　アリアカ王国正規軍の行軍の邪魔であるっ！」

「どきませんわ、私はフローチェ・ホッベマーです。あなた方の前進をここで阻みます！」

「ぬうっ！　お前は逆賊令嬢フローチェ!!　軍を出すまでもないっ！　この俺が手柄首にしてやろうっ！」

「やってみろっ！　斥候兵！」

ダカカッと蹄の音も高らかに黒い軍馬が私に向けて突進してくる。

背に乗る斥候兵は悪鬼の形相で槍を構えた。

「死ねいっ！」

「なめるなっ！」

軍馬の突進を私は腰を落とし、受け止めた。


ガッシャーーン!!

乙女から出るはずの無い轟音がして、軍馬は静止した。
私は馬の両前足をつかみ上げ、押し返す。
「ば、馬鹿なっ！　これは令嬢の力ではないっ！」
そうだとも、私は令嬢などというたおやかな生き物では無い。
「私は！　一陣の相撲取りですわっ!!」
腰をぐいと入れて一閃、軍馬を橋の上から対岸へと投げとばした。
「うわーーーっ!!」
人馬一体になって転がり、斥候兵は軍団の先頭に倒れ伏した。
まずは一名。
これを一万回繰り返せば、軍団は消滅する。
たやすい事だ。
倒れた斥候兵を見ても、軍団は動揺しない。
さすがはアリアカの精兵、練度が高い。
コンココンコンとテンポの早い拍子木が鳴り、番付表が開いた。
赤文字。
『注意喚起』
『強力士（つよりきし）出現：番付関脇』

ほう、ユスチン氏より上のクラスの戦士が出てきたか。

コンバス市出身　マウリリオ・タラマンカ　とある。

国軍筆頭のマウリリオ将軍を出してきたか。

ジョナス王子も本気だ。

彼は国軍を統べる将軍の一人だ。

ちなみに、ゲームの攻略対象でもある。

彼は魔法学園で武術教師も兼任していて、聖女ヤロミーラと知り合い恋をする。

軍の将軍と学園の武術教師を兼任するのは激務すぎて大変だろうと思うが、そこは乙女ゲームだから堅いことを言ってもしかたがあるまい。

「国軍右将軍マウリリオ・タラマンカであるっ！　逆賊令嬢フローチェ・ホッベマーよ、リジー王子を解放し、縛(ばく)に就けっ！　抵抗しなければ命までは取ろうとは思わぬっ！」

「そちらこそ、軍を解散し、正当な王位継承者であるリジー王子にひざまずきなさいっ！　偽りの聖女に騙された、女中を母に持つ凡庸(ぼんよう)なジェナス王子をマウリリオ将軍は王とあがめたてまつるつもりなのかっ！」

ざわ、と軍に動揺が走る。

そう、これは王家のお家騒動なのだ、どちらに正当性があるのか兵士たちには解らぬ。

兵士にとって一番怖いのが、上司である将軍が逆賊側に付き、正当性の無い軍として討伐される事だ。

「ヤロミーラ様は正当な聖女だっ！　あの方を悪く言う奴は許さんぞっ！」

マウリリオ将軍は動揺の色を浮かべ、早口でそう叫んだ。

ふん、聖女への心からの信頼が無いのが丸見えである。

しかし、おかしい。

硬派な乙女ゲームである、「光と闇の輪舞曲（ロンド）」にハーレムルートは無いはずだ。

ジェナス王子のエンドを選んだならば、他の攻略対象者がヤロミーラにこんなに固執するのはあり得ないのだが。

悪役令嬢たる私、フローチェの扱いもおかしい。

記憶が戻る前、学園内の風紀を乱すとしてヤロミーラ男爵令嬢に注意をした記憶はある。

だが、ゲームではジョナス王子が卒業記念ダンスパーティで婚約破棄を言い渡すだけで、刑罰は無かったはず。

ましてや、暗殺者を差し向けて命を狙うなぞ、侯爵家の令嬢にそんな伝手（つて）があろうはずもない。

なにかおかしな事が起こっている。

それを正すのが、私であり、相撲魂（スピリッツ）なのだろう。

私はマウリリオ将軍に向けてお腹の底から声を出す。

「では、なぜ、二人の逃亡者に一万人の軍を差し向けるのか！　それこそ、毒婦ヤロミーラの悪事露見の恐れ、簒奪王子ジョナスの心の弱さの表れではないのかっ！　正々堂々の糾弾であれば、なぜ二人はここに来ていないのだ？」

「そ、それは、貴様がっ！　逆賊令嬢フローチェが、怪しい技を使い、王城を破壊し、リジー王子を拉致したからではないかっ！　そんな、そんな、恐るべき……」

「ちがうよっ!!」

はっとして振り向くとリジー王子が私の後ろに来ていた。

「リジー王子、ここは危のうございます、後ろに……」

「だめだよっ！　フローチェは僕を助けるために一人で軍隊と戦っているんだっ！　フローチェがいわれの無い悪口を言われてるんだから、主たる僕がそれを正さないといけないんだっ！」

リジー王子。

彼の足は細かく震えている。

軍隊が怖いのだろう。

だが、それ以上に彼は勇気を振り絞ったのだ。

なんという輝くような王威なのかっ。

ああ、このお方こそが、正しき未来のアリアカ王なのだ。

「見よ!!　皆の者っ!!　これが次代のアリアカの王だっ!!　お前達はリジー王の伝説の最初の一ページに愚かな逆賊として記され、未来永劫嗤われる存在になるのだぞっ!!」

私は相撲魂を高速回転させて、吠えた。

全軍に届けと吠えた。

私は、一万の軍勢が、子犬のように震えるのを見た。

「ぜ、全軍、攻撃準備！　激槌(げきつい)の陣！　逆賊令嬢フローチェを倒し！　リジー王子を保護するのだっ！」

「し、しかし、将軍っ！」

「だまれっ！　これは命令であるっ！　橋の上の逆賊令嬢をドラゴン級脅威と認定、全軍死力を尽くせっ！　これはアリアカ王国の危機なのだっ！」

「やってみろっ、マウリリオッ！　私は、一歩も引かない！　正しい事を悪意でねじ曲げ、間違った事を力ずくで行うような奴らには、一万人相手であっても負ける気なぞしないわ!!」

軍が号令を上げながら陣を変える。

私は橋の上で土俵入りを始める。

リジー王子は走ってきたユスチン氏に抱きかかえられて、リンゴの木の方へ向かった。

そんな、泣きそうな顔をしないでください。

「フローチェッ!!　負けないでっ!!」

「任せておいてくださいましっ!!」

私は高々と右足を上げ、四股を踏んだ。

四股を踏みながら、軍隊の陣形が変わるのを待つ。

どうやら、前列に長槍（パイク）隊、中列に騎馬隊、後列に弓隊、魔法部隊が並ぶようだ。

「あれは、どういう動きをする陣なんだろう」

「激槌（げきつい）の陣は対大型魔獣用の攻撃陣形ですよ。一番前の長槍（パイク）隊でまず巨獣の足を止めます。その後に足を狙った騎馬突撃で更に速力を奪います。長槍（パイク）隊、騎馬隊の波状攻撃を行い、巨獣が弱った所で、弓隊、魔法部隊でとどめを刺します」

いつの間にか呼び出しの人が私の隣にいた。

「なんで、そんな事を知ってるの、アデラ？」

「うふふ、秘密です、お嬢様。お嬢様の取るべき戦法は一人である事を生かして、長槍（パイク）隊、騎馬隊を突破、まずは魔法部隊の壊滅でしょうか」

なんだろうな、この軍事知識は。粗忽（そこつ）メイドのくせに。

「ありがとうアデラ、あぶないから下がってなさい」

「はい、ご武運を、お嬢様」

アデラはすたすたとリンゴの木の下へ向かって歩いて行く。

あの子とは、ずっとずっと昔、子供の頃から領城で一緒に育ってきた間柄だ。

その記憶をたぐっても、彼女が軍に行ったという事実は無いのだけど。

まあ、良いわ。

そろそろ陣もまとまりそう。

こざかしい軍略は使わない。

目の前に来た敵をただただ倒すだけだ。

なぜなら。

私は、一麦(いちばく)の相撲取りなのだから！

陣が固まった。

マウリリオ将軍が中列、騎馬の後ろに付いた。

「目標、逆賊令嬢フローチェ・ホッベマー!!　全軍っ、突撃っ!!」

将軍が剣を抜き、振り下ろしながら号令をかけた。

「「「うらあああああっ！！！」」」

長槍兵(パイク)が怒濤のようにこちらへ突進してくる。

二メートルにも達する長槍が前列中列後列と段階的に展開されている。

「いくぞ、【清めの塩(セイクリッドソルト)】」

長槍兵(パイク)に向けて握りこぶしいっぱいの塩を叩きつける。

「うぶああああっ!!」

「眼がっ、眼がっ!!」

前列の長槍兵(パイク)の行軍が乱れ、中列の兵を巻き込んで倒れる。

私は姿勢を低くして乱れた隊列に躍(おど)り込む。

「ぐわーっ!!」

「あがーっ!!」

私の張り手で長槍兵(パイク)が空中を飛んで行く。

中列、後列の長槍が私を突いてくるが、前列の兵が邪魔で突ききれない。

眼を押さえた長槍兵(パイク)のベルトをもろ差しにし、股間に膝を押し込む。


バリバリバリバリバリバリ。


「落雷櫓(サンダーやぐら)投げっ!!」

落雷のように長槍兵(パイク)を隊列の真ん中に投げ捨てる。


ドッシャーーーン!!


周囲を高圧雷撃で巻き込んで二十名ほどの長槍兵(パイク)が吹き飛んだ。

一瞬、私の回りに誰もいない空間ができた。


ビュッ!

くっ!!　クロスボウか!!

弓兵の中に何人かクロスボウ兵が隠れていた。

「今だっ!!　狙撃して、逆賊令嬢を殺せいっ!!」

一発の矢(ボルト)が頬にかすり、ぬるりと血が垂れる。

「奴の攻撃法は格闘だ、接近せず、クロスボウの精密射撃で射殺せっ!!」

馬上でマウリリオ将軍が叫ぶ。

長槍兵(パイク)が私の退路を塞ぐように回りを囲み、長槍をささげ全ての穂先が天を指す。

クロスボウは弓よりも射程が長く、狙撃ができる。

これは誘いだされたか……。

格闘技の天敵は飛び道具だ。

相手の間合いが遠いから、距離を詰めるのが難しい。

クロスボウ兵はざっと見て十名。

一度に撃たれたら避ける事はできまい。

「撃てっ!!」

まずは五名ほどが、矢を撃ちかけてくる。

五人、五人で、組み分けし、お互いの弓の巻き上げ時間を取るのか。

相撲感覚(センス)が、動く(うごめ)。

新しい、技？

私の右手に聖なる相撲力が集まった。

張り手。

どこまでも届く長い長い張り手。

命名をした。


「張り手投石機!!」

パアンッ、と、右手が音速を超えた。


手の平の形の衝撃波が音速でクロスボウの矢を打ち砕き、クロスボウ兵の頬を打ち当たり、吹き飛ばし、地面に叩きつける。

パパーン、と、さらに、右手、左手が音速を超えた。

衝撃波が右と左のクロスボウ兵を襲い吹き飛ばす。

「なん、だと……？」

マウリリオ将軍が呆然とした表情で私を見る。

次弾のクロスボウ兵が、慌てて将軍の指示も待たずに矢を発射した。

パンパパンパンッ!!

クロスボウの矢が吹き飛び、そしてクロスボウ兵たちも地面を転がり倒れ伏す。

──あと三人！　だが、距離が遠い。

ピピピピと丸と十字が重なった照準（レティクル）マークが視界に出現し、クロスボウ兵に重なる。

赤い相撲書体で『照準固定（ロックオン）』と出る。

「狙い撃つっ!!　張り手投石機（カタパルト）!!」

パーン!!

音速を超えた破裂音と共に、手の平の形の衝撃波がクロスボウ兵を打ち倒す。

パンパーン!!

二人のクロスボウ兵は張り手に打たれ、地に伏した。

よしっ!!　クロスボウ兵は全て倒した。

「さあっ！　遠距離でもいいぞっ、近距離でもいいぞっ!!　わが相撲を恐れぬならば、雄々しくかかってくるがいいっ!!　私は全てを地面になぎ倒してやろうっ!!」

「馬鹿な、そんな、馬鹿な……」

馬上のマウリリオ将軍が顎が外れるほど口を開けて、私を見ていた。

その眼には怖れ(おそ)の色が浮かんでいる。

空の鳥は依然として私たちの頭上で円を描き、時折鋭い声でビーィと鳴いた。


軍は一個の生物とも言える。

一人の兵を細胞として有機的に組み合わされ、巨大な敵、大量の敵に対抗できる人類の知恵だ。

軍が強いのは、兵が心を持っているからだ。

敵の不正、侵略、迫害に対しては驚くべきほどの士気を上げ、雄々しく戦う。

軍が弱いのも、兵が心を持っているからだ。

弱い物を虐げる、民を虐殺する、自分たちに非がある戦いに軍は弱い。

士気が下がり、数と訓練を頼んで戦う以外に方法は無くなる。

私の前の一万の兵からなる軍は、傷つき、恐れすくんでいる。

長槍兵(パイク)は半壊した。

弓隊の中で狙撃が出来るクロスボウ兵たちは地に倒れてうめいている。

騎馬隊も気圧されている。

魔法部隊が前進してくる。

「魔法で攻撃せよっ!!　広範囲魔法は味方を巻き込む！　単体攻撃魔法を遠距離から撃ち、逆賊令嬢を討て!!」

マウリリオ将軍が吠える。

魔法部隊はうなずき静かに前進しながら呪(じゅ)を唱える。

「「「ファイヤボルト」」」

「「「アイスランス」」」

「「「ストーンジャベリン」」」

「「「ウインドサイズ」」」

天を覆わんばかりの中級魔法の大群が私の方へ殺到してくる。

私は右足を上げる。


ドーン！


あたりに轟(とどろ)く四股の音で、全ての魔法の術式は崩壊し、魔力は霧散した。

「馬鹿なっ!!　軍用魔法にはアンチマジック欺瞞(ぎまん)の術式がっ！」

「そんな一瞬で防衛攻壁を破ることなぞっ!!」

「聖属性の固有結界(フィールド)効果かっ!!」

理屈は解らないが、相撲に魔法は効かない。

相撲取りに理を説くな、インテリどもめ。

すり足で高速接近して、魔道士のローブの腰紐にもろ差しをする。

「ぐうっ！　な、何をするっ!!」

「掬い投げ」

魔道士の腋に片手を入れる。


ブワッ。


「な、なんだっ！　俺の風の魔力がっ!!」

どこからか強風が吹いてきた。


ブオオオオッ！


魔道士の体勢を崩すと風が押すように強まる。

緑の魔力が私と魔道士の回りに吹き荒れる。

轟々と風が逆巻き、私のスカートと魔道士のローブがめくり上がる。

これは！

掬い投げに付与されている魔法効果なのか？

「竜巻掬い投げ（トルネードすくいなげ）っ!!」

魔道士がギリギリと風に巻かれて回転しながら飛んで行き、魔道士の隊列の真ん中でほどけ、弾け飛んだ。

ドカーーーン!!


「ぐわーっ!!」

「があああっ!!」

風に巻かれて魔道士たちが吹き飛ばされてあたりに転がる。

一度に二十人ぐらいを倒したぞ。

これは？

風の魔道士を掬（すく）い投げたから、風の属性が乗ったのか？

他の属性の魔道士を投げれば、別の属性が乗るのか？

都合の良いことに、魔道士達は属性によってローブの色が違っていた。

火属性は赤、水属性は青、土属性は黄、風属性は緑だ。

私はすり足で青魔道士に接近する。

「や、やめろおおっ!!」

いやがる青魔道士の腋に手を入れ、体を崩す。

ブオオオ！


あ、緑でも青でも風が付与される。

私はそのまま青魔道士を掬い投げた。

「うごぐわあああああっ!!」

青魔道士もキリキリ舞いをして空を行き、魔法部隊の生き残りを巻き込んで弾け飛んだ。


ドカーーーーン!!


「ぐわーーっ!!」

「ぎゃーーっ!!」

これは面白い。

私は色とりどりの魔道士を捕まえては掬い投げた。


ドカドカドカーーン!!

「ぎゃーーーーっ!!」

「ま、魔法部隊を救えっ!! 騎馬隊、蹂躙せよっ!!」

「ぐわーーっ!!」

背後から騎馬隊が接近してくる音がした。

馬上の騎士達は槍を構え、最大戦速(ギャロップ)で突進してくる。

馬は、掬(すく)い投げられるだろうか……。

私は足を開き、重心を下げ、突進してきた騎馬を受け止めた。


ドカーーン!!


騎士が槍で刺そうとするが、そんな暇は与えない。

馬の前足の下に手を滑り込ませて体勢を崩す。


ブオン!


馬が嫌がって泡を吹くが気にしない。

思い切り体全体の力でひねりを加え。


ブオオオオオオオオオオッ!

掬(すく)い、投げる。

馬を中心に竜巻が生まれ、ギリギリギリと回転しながら後方へと飛んで行き、他の騎馬を巻き込んで弾け飛ぶ。


ドカーン!!


「ぐわあああっ!!」

「ぎひぃいいいっ!!」

うむ、馬も掬(すく)い投げられるではないかっ!


「貴様らーっ!!　何をやっているのかっ!!　怪我は軽傷だっ!!　早く立たないかっ!!」

マウリリオ将軍が、私に倒された後、体育座りをして動かない長槍(パイク)兵の一群に怒鳴った。

私も気になっていた。

どうして兵はまだ生きているのに、立ち上がって向かってこないのか。

「将軍、お言葉ですが、我々はフローチェ嬢に負けました。槍を持った兵士が集団で令嬢に襲いかかり負けたのです。また立ち上がって生き恥をさらせと、そう言うのですかっ!」

兵士の一人が体育座りのまま憮然とした声を上げた。

「アリアカの精兵がっ！　まだ命があるのに戦いを放棄すると言うのかっ!!　軍法会議に掛けるぞっ!!」

マウリリオ将軍の激怒の声に兵士の顔が歪む。

「将軍っ!!　私は、私はーっ、お嬢さんを殺すためにー、軍隊にー、いる訳ではーっ!!」

兵士が泣き崩れた。

「そうですっ!!　こいつの言うとおりっ!!　俺たちはーっ!!　国民を守りーっ!!　お嬢さんやーっ!!　子供を守るためにーっ!!」

話を繋いだ兵士も号泣した。

「一人でーっ!!　幼い王子を守りーっ!!　戦うーっ!!　英雄にーっ!!　そんな、二度も三度も、掛かっては、掛かっていく事はーっ、で、できないのですーっ!!」

座り込んだ長槍兵全てが顔をゆがめ、号泣した。

「ば、馬鹿者ーっ!!　馬鹿者ーっ!!」

マウリリオ将軍も、顔をゆがめた。

肩を震わせて、彼も泣いた。

その間に、私は掬い投げで騎馬隊を全滅させていた。

魔法部隊も号泣した。

騎馬隊も号泣している。

被害の無い弓隊は困惑している。

マウリリオ将軍が泣き顔をこちらに見せた。


「我々の負けだ……」

「まだよ」

「なにいっ!!」

「私は容赦が無いのよ。あなたたちを完膚無きまで叩き潰すわ」

ざわっと一万人の軍隊が震えた。

「マウリリオ将軍、あなたに一騎打ちを申し込むわっ!!　相撲でっ!!」

「なにいいいっ！！！」

マウリリオ将軍の絶叫が荒野に響き渡った。


「土俵召喚（コール・スモウリング）」


ずずずと土俵が地面から持ち上がっていく。

魔法で召還したこの土俵の中には、縁起物のスルメや昆布、勝ち栗、米などは埋まっているのだろうか。

いや、この世界の相撲の神に手落ちなぞある訳が無い。

かならず埋まっているだろう。

私は悠然と土俵に上がった。

拍子木がリズミカルに鳴っていた。

アデラがいきなり現れて、土俵上からきょろきょろあたりを見渡している。

「え、あっ、呼び出すのですか、はい、はい」

半透明の呼び出しの先輩にアデラは何かを教わっているようだ。

「ひがし〜〜〜、フローチェ、フロ〜〜チェ〜〜。にいし〜〜〜、マウリリオ〜〜、マウリリオ〜〜」

粗忽メイドにしては、白扇子を開いて力士を呼び出す姿はなかなか堂に入っている。

マウリリオ将軍が強制力で土俵に上がってくる。

彼の顔は、汗をかいて青ざめている。

「す、相撲をする訳にはいかん」

「今になって臆しましたか、将軍」

アデラは一度土俵を下りると、なとりの懸賞旗を広げ持って、半透明の呼び出しの人たちと共に土俵の外周を回る。

なぜだか満面の笑顔だな。

「エアハルトは恐ろしい男だ……」

「近衛騎士団長に何かされましたか？」

「爆弾だ、魔導爆弾を甲冑に組み込まれた。フローチェ嬢は必ず組み付いてくる、その時には一緒に自爆しろと……」

「爆弾」

「その時は冗談だと思ったのだ、一万人の兵を破って私と組み付くなぞ、夢物語だと、だが……」

馬鹿な、爆弾とは、あからさまな反則だ。

相撲にあってはならない事だ。

『マウリリオ将軍、爆弾の事をばらしてしまったね、残念だが爆発するよ』

どこか軽薄なエアハルトの声がして、マウリリオ将軍の黒い甲冑の肩に5の数字が浮かび、すぐに4に変わった。

「いかんっ！　フローチェ嬢！　この土台（ドルメン）から逃げるんだっ!!　君が死ぬ事はないっ!!」

マウリリオ将軍はそう怒鳴るが、私は土俵を割るなぞまっぴらごめんだ。

「マウリリオ将軍が反則です」

私は行司に声を掛けた。

式守（しきもり）家のおじいさまは鷹揚にうなずき軍配を下げた。

「早くしろっ!!」

将軍は焦って私に怒鳴る。

肩の数字は2になっていた。

行司は軍配を鋭い動きで上に振った。

将軍の鎧が消滅した。

彼は全裸で土俵上で立ちすくんでいる。


ドドーーン!!


巨大な爆発が高空に広がり、音が少し遅れて響いてきた。

ぱらぱらと細かい煤が降ってくる。

一万人の軍と、アデラと私と、全裸のマウリリオ将軍が全員空を見上げて沈黙している。

「な、なにが?」

「式守家の行司なのですから、瞬間転移魔法ぐらい使えるでしょう、当然の事です」


審判団の半透明の親方衆が土俵に上がってきた。

『フローチェ関は取り組みを続ける意思はあるかね?』

はっ、死んでしまった元横綱の親方ではないですか。

まさか、声を掛けられるとはっ!

というか、この虚像の時系列はどうなってるのかしら。

もしかして、彼らは、死んでしまった力士が行く相撲の極楽(バルハラ)から呼び出されているの?

「彼が自分の意思で反則をした訳ではありませんので、もちろん取り組みを続けたいと思います」

元横綱の親方はにっこり笑ってうなずいた。

良い笑顔だった。

ああ、あなたの取り組みは豪快で小さな私は大ファンだったんですよ。

はぁどすこいどすこい。


『ただいまの反則についてご説明します。魔導爆弾は本人の意思以外で持ち込まれたもので不問といたします』


わあっと、観客席が沸いた。

いつのまにか砂かぶりに席が出来ていて、そこに兵士達が座っていた。

枡席もあって、お弁当を食べたり、日本酒を飲んでいる兵士もいる。

だんだんと、土俵に付随する施設が増えていないだろうか。

私の番付表が上がってきたからだろうか。

本日の結びの一番だからだろうか。

判断が付かない。

行司が軍配を下げると、空中から臙脂色の廻しがゆっくりと降りてきて、マウリリオ将軍の手の中に入った。

「これは？」

「マワシです、相撲のユニフォームです。ユスチン、クリフトン、締めるのを手伝って上げて」

「了解しました、将軍、こいつを締めましょう」

「手伝いますよ、マウリリオ先生」

「ユスチン殿、クリフトンくん……」

塩をまきながらあたりを見渡すと、砂かぶりにリジー王子も来ていた。

私の視線に気がつくと、ニッコリ笑って小さく手を振ってくれた。

尊い。

はぁどすこいどすこい。

「とにかく、この競技では重心を低くして敵に当たってください。拳での攻撃は反則ですが、威力にデバフが掛かるだけで負けはしません。が、腰が立ってしまうのでお勧めはしませんな」

「な、なぜ、敵の私にそんなに親切に解説をしてくれるのだ」

「ははっ、先生、どんなに教えた所で、フローチェ親方には勝てっこないからさ、胸を借りる感じでぶつかって行きなよ」

「あのお方は、正々堂々が好きなんですよ、どちらかが情報が無いせいで不利になるのを嫌います。いや、親方だけではないですな、相撲という競技にして神事の格闘技がそういう性格をもっていますんで」

「相撲、競技にして神事……」

臙脂色の廻しをキリリと締めたマウリリオ将軍はソップ型で勇ましい姿だ。
ユスチン氏に基本的な動作を聞いて、腰を下ろし中腰の動きを練習している。
「さあ、マウリリオ将軍、相撲を楽しみましょう！」
「わ、解った、相撲で勝負だ！　フローチェ嬢！」
ああ、いい目をしている。
さあ、相撲の時間だ!!
時間いっぱいである。
仕切り線を挟んでマウリリオ将軍と向かい合う。
彼も迷いは吹っ切れたようだ。
そう、思い切りぶつかり合えば良いだけだ。
勝負の行方は神様に任せれば良い。
相撲は神事なのだから。
『**みあってみあって**』
マウリリオとにらみ合う。
お互いの気力が膨れ上がり、お互いの存在を圧するのを感じる。
マウリリオが仕切り線に手を付いた。
お互いの初速が跳ね上がり、土俵の中心で激突する。
ガッシャーン!!

『はっきょいっ！』

乙女にあるまじき轟音が発せられて、土俵を揺らす。

さすがは関脇、素晴らしい金剛力だ。

彼の右手は私のマワシをつかむ。

私の右手も彼のマワシをつかむ。

お互い左上手を差し合う、いわゆるがっぷり四つだ。

『のこった、のこった』

独特の節回しで行司がかけ声を掛ける。

土俵の中央で押し合う。

押し相撲の形だ。

マウリリオ将軍の腰は十分下がり、低い重心で押してくる。

私はその突進を全力で止める。

私は勢い良く持ち手を引き、突進の力を斜めにずらす。

一瞬マウリリオの体勢が崩れるが、彼は腰を引き、それをしのぐ。

良い相撲勘だ。

今度は押し込む。

押しと引き、それが相撲の醍醐味だ。

力と力が土俵上で衝突し、押し引きをする事で我々は相撲の神様に神聖な取り組みを奉納しているのだ。

「これは……」

マウリリオが声を発する。

その隙を見逃さず、私は押す。

じりりと彼の巨体が後ろに下がる。

そうはさせじと彼の筋肉は膨れ上がり、私の押しを止め、じりじりと押し戻す。

「楽しい」

「そうね」

相撲は楽しい。

これまで鍛えた肉体を全力で酷使する。

汗をかく。

筋肉は熱を持ち、相手を倒そうと膨らみ縮む。

それが、楽しい。

『のこったっ、のこった』

投げ技を仕掛ける。

マウリリオは素早く体重移動をしてそれをすかし、逆に足を掛けてきた。

なんという、勝負勘か！

こちらも体重移動でそれをいなす。

ああ。

ああ、楽しいなあ。

押す、押す、押す。

どんどん、マウリリオの巨体を押しまくり、土俵の際まで追い詰める。

「ぐうっ」

マウリリオの顔が引きつる。

「負けるかっ!!」

ぼこりと、マウリリオの肩の筋肉がさらにバンプアップされた。

力が何倍にもなった。

その力と体重に任せて、次はマウリリオが私を押す、押す、押す。

「がんばれー、フローチェ親方ー!」

「ファイトです、親方～!」

ユスチンとクリフトン卿の声が聞こえた。

彼らも砂かぶりで見ているようだ。

「マウリリオ将軍～～!!」

「頑張ってください～～!!」

兵士達から、マウリリオに対する声援も飛ぶ。

「おうっ!!　令嬢に負ける俺かーっ!!」

返事をし、マウリリオが更に押す。

ずるずると仕切り線を踏み越えてしまった。

強いわね。

マウリリオ。

だが、私には負けられない理由がある。

それは、

「フローチェ、頑張ってーー!!」

リジー王子がいるからだ。

たちまち、私の心に火が燃え上がる。

相撲魂(スピリッツ)が高速回転を始める。

さあ、行くぞ、ここからが私の相撲だ！

「ぐっ！　なんだこの圧はっ」

「これがっ、私の、愛だっ!!」

「ぬうっ、愛ならばしかたがあるまいっ！」

マウリリオを押す、押す、押す。

「ぐ、ぐうううっ!!」

巨漢のマウリリオの体がずるずると後ずさる。

ガシン！

私はマウリリオの右足を内掛けした。

フワッ。

なんだ？　私の体が光り始めている。

左足を手で掬(すく)う。

輝く、光輝く。

私はマウリリオの胸に頭を押しつける。

瞬間、マウリリオの体重が消失した。

足下には光で出来たレールが生まれ、彼の体は、それに沿って高速で滑っていく。

技名がひらめいた。


「超電磁(リニア)三所攻めっ！！！」

バキュウウウウン!!


マウリリオは光で出来た超電磁(リニア)レールで、超高速度で発射されて土俵外へ吹き飛んでいった。

「ぐわあああっ!!」

マウリリオの悲鳴が遠く小さくなっていく。

きりもみをしながら彼は宙を飛び、荒野を転がった。

足下に超電磁（リニア）レールを発生させる荒技とは、この世界の相撲は凄いな。
超電磁（リニア）レールに足を掛けた力士は浮遊し、その体重を無くしてしまう。
あとは、土俵の外に物理力で発射されるだけだ。

『フローチェ～～～』

行司のおじいさんが私に向けて軍配を上げた。
観客席から爆発したように歓声が上がっている。
そして、行司が報奨金を軍配に乗せて出した。
手刀を切って、受け取る。
あれ、この前と違って、封筒の束が普通に受け取れるな。
実体化の相が上がってきているのだろうか。
ともあれ、ごっちゃんですっ。
中身は金貨が多いみたいね。
マウリリオ将軍が兵に肩を借りてこちらへよろよろとやってきた。
「素晴らしい相撲だった。完敗だ、フローチェ」
「あなたも素晴らしい相撲だったわ、マウリリオ将軍」
マウリリオ将軍は吹っ切れた感じに微笑んだ。

いい笑顔だ。

頭上の鳥はいつの間にかいなくなっていた。

マウリリオ将軍は土俵にゆっくりと上がり、一万人の兵士たちに向き合った。

「諸君!!　我々国王軍混成編成第一軍は、フローチェ嬢に敗北した！　その責任を取り、私は将軍位を降りたいと思う!!」

枡席にいる兵士達が立ち上がった。

「辞任なんてっ、やめてくださいっ!!」

「将軍はいつだってあなただっ!!」

「責任はあなたには無いっ!!　悪いのはヤロミーラとジョナスだっ!!」

愛されているわね、マウリリオ将軍は。

兵士たちの声でそれが解るわ。

「私は……、私は、一介の相撲取りになろうと思う。フローチェ親方、入門をお許しくださいますか?」

「いいわ、相撲道に邁進しなさい」

ユスチン氏とクリフトン卿がマウリリオに駆け寄った。

「良かったですな、将軍」

「先生、俺が兄弟子だかんなー」

みんな、良い笑顔だ。

皆、相撲を取れば、たちどころに迷いは消え、笑顔になる。

それが相撲というものだ。

マウリリオ将軍は兵に再び向かい合う。

「聞いての通りだっ！　君たちは王都に戻り、原隊に復帰して欲しいっ!!」

ざわりと、兵達に動揺が広がった。

「お、俺も、相撲がしたいっ!!」

「将軍だけずるいですよっ!!」

「俺もだっ!!　俺も相撲をするぞ～～っ!!」

一万人の兵士全てが立ち上がり、口々に参加を表明した。

「相撲は素晴らしいっ、俺もやってみたいっ」

「将軍、俺たちも連れて行ってください、置いていかないでください」

「いまさら、ヤロミーラとジョナス王子には付きたくありません。私はリジー王子とフローチェ嬢に付きたい！」

「相撲の魔導効果を研究したいですっ！」

「あの付与効果の立ち上がりの秘密を解きたい！」

一万人の兵が立ち上がり、口々に自分の要求を主張し始める。

渦潮の鳴る音のように、土俵を中心に兵士たちの声が轟き渡る。

「そんなにお前達も相撲がしたいのかーっ!!」

「「相撲がしたいです～～～！！！」」

マウリリオが困った顔をして私を見た。

まったく、しかたが無いわね、この新弟子は。

私は片手を上げて、前に出る。

兵の声がピタリと止まった。

「うちの部屋の稽古は辛いわよっ！　それでもいいなら来なさいっ!!」

「「「「うおおおおおおっ！！！」」」」

兵士達は立ち上がり、拳を振り上げ声を上げた。

「フローチェッ！！！　フローチェッ！！！　フローチェッ！！！」

「ひいい、部屋が一万人に増えた～、ちゃんことかどうすれば～」

何か背後で呼び出しの人の嘆き声が聞こえたが気にしないようにしましょう。


しかし、結びの一番が終わったのに、土俵がなかなか消えないな。

『表彰式に先立ちまして、土俵に向けて国歌斉唱を行います、皆様ご起立おねがいします』

あら、そんな事まで。

私たちは慌てて土俵から下りた。

なんだかアデラが半透明の呼び出しの先輩に言われて、旗と優勝杯を運んでいる。

君が代が流れるかと思ったら、アリアカ王国国歌の前奏だわ。

「「「暁の大陸平原に命を受けて、走り戦い祖国を守る～♪」」」

土俵を囲む一万人の兵士が合唱する。

何時聞いてもしみじみと良い歌だ。

ユスチン氏も、クリフトン卿も、マウリリオ元将軍も、目を閉じ唱和している。

私も歌う、リジー王子の綺麗な歌声がそこに被さる。

尊い。

はぁどすこいどすこい。

アデラはちょっと音を外しているわね。

故元横綱の親方が土俵に上がる。

私もアデラに呼ばれて土俵の横に上がる。

『**表彰状！　あなたは七月二日、ホッペマー侯爵領場所で素晴らしい成績を残しましたので、ここに表彰します**』

前世で憧れていた親方が私に表彰状を渡してくれた。

なんだか、とても嬉しい。

受け取って、実体のある方の呼び出しの人に渡す。

次は大きな大きなトロフィーだ。

結構重い。

さすがに、これはアデラには無理そうなのでユスチン氏に渡した。

沢山の半透明な人が表彰してくれた。

片言で褒め称えてくれた、パンナムの社長さんもいた。

やっぱり半透明の人たちは相撲の極楽（バルハラ）から来ている人なんだろうなあ。

遠い所からありがとうございます。

カップもコーヒーカップ状の物や、クリスタルガラスの物、いろいろなトロフィーがあるね。

おお、これは、アクリルのトロフィーの中に椎茸が一杯つまった大分の農業組合からのトロフィーではないですか。

まさか自分が貰えるとは思わなかったわ。

ごっちゃんですっ。

副賞も、味噌、醤油、米と、バラエティにとんでいる。

ふふふ、これで、リジー王子に立派なちゃんこを食べさせてあげられるわ。

はぁどすこいどすこい。

だが、さすがに、副賞にガソリン一年分は無かった。

この世界には、ガソリンスタンドも無いし、車も無いからね。

はあ、凄い表彰ラッシュでした。

私は土俵に礼をして下りた。
ずずずと土俵が沈んでいく。
貰った物やトロフィーは消えないようだ。
せっかくだから領城の応接間にでも飾りましょうか。
さあ、今日はここで一泊して、明日には領都入りね。
フローチェ部屋が一万人に増えてしまったわ。
まあ、大丈夫ね、相撲魂（スピリッツ）に従っていけば、なんとかなるわ。
相撲はみんなを愉快にする神事なのだから。
どこからか跳ね太鼓が聞こえる。
私は思案顔のアデラの背中を押して動き始めた。
さあ、フローチェ部屋の新弟子一万人を野営させないとね。

幕間：アリアカ城中央ダイニングルーム

ヤロミーラは豪華な晩餐を取りながらエアハルトの報告を聞いています。

豪華な調度に囲まれた大きなダイニングルームには、ヤロミーラとジョナス王子、そしてエアハルトが腰をかけ、山海のご馳走を食べているのです。

「なんですって!! 一万もの軍隊が帰ってこないですって!!」

「そうだね、編成した軍隊一万人とマウリリオ将軍が帰ってこないね。どうしたんだろうね」

ヤロミーラは奇声を上げてゴブレットを壁に投げつけました。

「どうしてなのっ!! あなたが一万人の軍ならフローチェを倒せるって言ったじゃないっ!! 何があったのっ!! マウリリオはどうなったの?」

「多分、負けたんじゃないですかね、自爆魔法が起動したみたいだし」

「じばく、まほう? 何よそれっ!! マウリリオは死んだのっ?」

そこへ伝令兵が駆け込んできました。

「ふむ、なんだと、ふーむ」

「ど、どうしたのっ!? 何があったのエアハルトッ!!」

「朗報、いや、悲報でしょうかね。マウリリオ将軍は生存しております。ですが、合同派遣軍一万人と共に、リジー王子に寝返りました」

「ど、どうして……、ど、どうしてよ……」

「アリアカ国を支える右将軍のマウリリオ将軍が……、リジーに……。そ、そんな馬鹿な」

ヤロミーラとジェナス王子は真っ青になりました。

「い、今すぐに、ヴァリアン砦に連絡を、アルヴィ王に毒をっ！　国王さえ死ねばジョナスが戴冠式を行えるわっ!!　今すぐっ、毒を盛ってっ!!」

「お、お父様を、こ、殺すのか、そ、そんな事……」

「あなたが今すぐ戴冠出来なければ、私たちは破滅するのよっ!!　使える手はなんでも使うべきよっ!!」

エアハルトはヤロミーラの醜態を見て小さく嗤います。

「まあ、お待ちなさい、可愛い僕のヤロミーラ。ここで王を害せば大貴族が蜂起し、外国も干渉してきて、国が滅びますよ」

ヤロミーラはスープの皿をテーブルに叩きつけました。

「あなたがっ！　他ならぬあなたが言ったのよっ!!　エアハルトッ!!　私を王妃にしてくれるって!!　だから信じて従ってきたのにっ!!　どういう事なのっ!!」

「まあまあ、どんな計画でも見込み違いはあるものですよ」

ヤロミーラは地団駄を踏みます。

「見込み違いじゃすまないのよっ!! 私たちの命が懸かっているのよっ!! 負けたらどうするのっ!!」

エアハルトはうなずきました。

「可愛いヤロミーラ。ヴァリアン砦にはあなたが行ってくれますか、あそこは聖騎士が多い、【聖戦(クルセイド)】が使えるでしょう」

「……そ、そうね、【聖戦(クルセイド)】なら、あのにっくき悪鬼令嬢を殺す事ができるわね。わ、解ったわ、私がヴァリアン砦に行きます」

「だ、大丈夫かい？ 相手は謎のスモウトリだが……」

「大丈夫よ、相撲なんて怖くないわっ!! あんなのデブのやるお遊びなんだからっ!!」

「そ、そうなのかい？ ヤロミーラが言うならそれでいいけど……」

ヤロミーラはほくそ笑みます。

「【聖戦(クルセイド)】が掛かれば、聖騎士の戦闘力は二倍、もれなく【士気向上】【思考狭窄】【疲労軽減】と【苦痛無効】が付くわ。聖騎士団の何割かは死ぬでしょうけど、これは正しい教団の勤(つとめ)だわ、これなら憎い憎いフローチェを倒せる」

エアハルトは微笑みながら、ブランデーグラスに入った最高級のブランデーをくるくると回します。

「ふふふ、マウリリオと兵団一万人まで倒したか、凄いねえスモウは。だがヴァリアン砦にはドミトリーがいる、奴にはスモウでは絶対に勝てない。格闘技では決して勝てない相手なんだよ。ふふふ。アルヴィ王を目の前にして滅びたまえ、愚かなフローチェ」

エアハルトは笑って血のように赤いブランデーを口に含みます。

豪華な晩餐会は信じられないようなご馳走がぞくぞくと運ばれてきます。

ですが、参加者の誰一人として、美味しそうな顔をしていないのでした。

第三章 ヴァリアン砦場所

ホッベマー侯爵領内に入って一日。

やっと私たちは領都に入ったわ。

一万人の新弟子の世話で、アデラの目の下にくっきりとしたクマができたぐらいで、あとは特に問題は無かったわね。

領都の門に入る時に領都軍と一悶着あったけど、私が出たら収まったわ。

「ここがホッベマー侯爵領の領都、ホッベルズか、意外に栄えてんなあ」

「良港があって、貿易も盛んだからね、クリフトン君」

「もう魔法学園は卒業したんで、地理の授業は勘弁してください、先生」

「ここが親方の生まれ故郷ですか、良い街ですな」

そうよ、ユスチン氏、ホッベルズはとても美しくて良い街よ。

この街は、夏は暴風雨がよく来るぐらいで、冬は暖かいし、海産物は沢山取れるし、美しく栄えた場所なのよ。

さて、一万人の新弟子をどこに収容しようかしら。

とりあえず領城へ行って、お父様にご挨拶ね。

リジー王子も紹介しないと。

「綺麗な街だね、フローチェ。あなたにぴったりだよ」

にっこり笑うリジー王子が尊い。

とっても尊い。

はぁどすこいどすこい。

私はリジー王子の手を引いて、中央通りを領城に急ぐ。

フローチェ部屋の新弟子一万人を連れて中央通りを行くと、なんだかパレードのようね。

道行く人が手を振ってくれるわ。

まあ、軍勢一万人と言っても戦闘の兵士は半分の五千人ほど。

あとの半分はオフィサーと言って輜重とか土木工事とかの人員になっているわ。

特に輜重兵が多い。

食料運搬、調理、施設付設とか直接戦闘には関係が無いけど、居ないと軍として移動できないタイプの兵科ね。

一万人の兵士全体からマウリリオ元将軍に二十人の体格が良く、格闘が得意な兵士を選抜して貰った。

近衛力士隊として、マワシ一丁で戦って貰うわ。

なぜかって、力士ってそういう者だからよ。

二十人の近衛力士は私の指導のおかげで二日で立派な相撲取りになったわ。

彼らを連れて歩くと気持ちが高揚するほど勇ましいわね。

髪の長い兵は髷を鬢付け油を使って結ってあげたの。

みんな大喜びね。

「お嬢様、これは？」

「セバスチャン、これは私の部屋(クラン)の新弟子よ」

領城の跳ね橋の前で執事長のセバスチャンが声を掛けてきた。

アデラのお父さんだから、奴は力士隊の陰に隠れたわね。

「一万人いるわ、どこかに泊められる場所はあるかしら」

「そうですな、練兵場なら五千は野営できるでしょう、あとの五千は城と広場ですか。士官の方にはお城に泊まって貰いましょう」

セバスチャンが、リジー王子を見て固まった。

「お嬢様……」

「リジー第二王子様よ、ジョナス王子が反乱を起こし王位を簒奪しようとしてるから保護してきました」

「なんと、噂は真でしたか。なるほど、クランとは良い言い訳ですな、軍を取り込みなされたか」

違うのだけど、説明が面倒だわ。

「して、お嬢様……、あのお耳は……」

セバスチャンは声をひそめてリジー王子の猫耳の事を聞いてきた。

「先祖返りらしいわよ」

「ふむ、では、亡き王妃方の五代ほど前のメリンダ侯妃でしょうな。なるほど」

母方の血筋なのね。

アリアカの隣国に獣人王国があるので、時々貴族同士の婚姻があるわ。侯爵家からの血筋なのね。

そんな事はいいから早く、お父様とリジー王子を面会させましょう。

私はリジー王子の手を引いてお城の跳ね橋を渡った。

「では、私はここで新弟子達の宿舎割を担当しましょう」

「おねがいね、マウリリオ」

後に付くのは、ユスチン氏とクリフトン卿と二十人の力士隊だけね。

お城の中を歩いて行く。

「小さくて綺麗なお城だね」

「ありがとうございます。リジー王子」

アリアカ王城の半分ぐらいの規模だけど、ホッベマー城は綺麗にまとまった城塞だ。

歴史も同じぐらいあるわね。

階段を上がり、お父様の執務室の前に着く。

セバスチャンが取り次ぎ、ドアを開けた。

「フローチェ、どうしたんだね、卒業と同時に里帰りとは穏やかではないね」

この、ナイスミドルなイケメンが、我が父、ディーナ・ホッベマー侯爵である。

私は父に顚末をかいつまんで話した。

父はひっくりかえって椅子から落ちた。

「な、なんだとーっ!!　ジョナス王子に婚約破棄をされただとーっ!!　そして、地下牢からリジー王子を助け出し、一万人の軍団を倒して、ここに来ただとーっ!!　そんなほら話を信じろと言うのかーっ!!」

「本当なんですもの」

父はたおれた椅子を直し、座り直した。

「し、信じられんが、リジー王子もいる事だ、きっと、マウリリオ将軍が寝返ってくれたのだろう。わが城にようこそ、リジー王子、ホッベマー侯爵領はあなたさまを歓迎しますぞ」

「ありがとうございます。ホッベマー侯」

リジー王子は優雅に礼をした。

なんとも可愛らしいお辞儀である。

尊い。

はぁどすこいどすこい。

「それでは、ホッベマー侯爵の名で各地の有力貴族に回状を送り、ジョナス王子派と対決しますかな。血脈の正当性はあなたさまにありますから、勝ち目は十分ありますぞ」

「そんなに悠長な事はしていられませんわお父様。一日休んでから、ヴァリアン砦を攻め、アルヴィ王を助け出しますから、兵をお貸しください」

「……、おまえは何を言っているのだ?」

「僕の望みも父の救出です、お力をお貸しいただきたく」

リジー王子が潤んだ目で父を見た。

父は怯んだ。

よしよし、目論見通り。

父はこう見えて意外に人情家なのだ。

「い、いやその、ヴァリアン砦は難攻不落ですぞ、一万や二万の兵で落とせる砦ではなく」

「時間が勝負なのです、アルヴィ王が説得され、ジョナス王子が戴冠したら、我々は破滅します」

父は腕を組み、考え込んだ。

「しかし、戦力が……」

「お父様、私がなんとかしますから、問題無いのです」

「フローチェ!!　気でも狂ったかっ!!　箱入り娘のお前に何が出来るというのか！　引っ込んでいなさいっ!!」

これは、実際に相撲を見せるしかないわね。

私は父の頭上の鹿の首のハンティングトロフィーを狙った。

ピピピピという音と共に丸と十字の照準(レティクル)が重なる。

『照準固定(ロックオン)』

「張り手投石機(カタパルト)!!」

パァン!!

音速を超えた私の張り手で衝撃波が生まれ、鹿の首を襲った。

手のひら状の衝撃波に襲われた鹿の首はあわれにも壁から外れて飛んで行ってしまった。

「フローチェ、何をしたんだ？」

「相撲です、お父様」

お父様は口を開けて、鹿の首のあった場所と私を交互に見続けた。

相撲です、お父様。

領城の大きな台所でジャガイモを剝く。

あたりはちゃんこのレシピを求める輜重兵や城のメイドでごったがえしている。

私の粗忽（そこつ）メイドが寄ってきた。

「お嬢様っ！　味噌っていう大豆のスープストックはどれくらい入れれば良いのですか！」

「お鍋と食材の量によるわ」

「ああもうっ！　それじゃ話にならないんですよっ!!　普通の大きさの鍋に具だくさんに入れた時はどれくらいの量ですかっ！」

「大さじに二つ入れて、味気無かったら足しなさい」

「わかりましたっ！」

さすがに一万人の新弟子はよく食べるわ。

副賞に貰ったお味噌も、お米も、もう底をつきそうね。

賞金も補給物資の買い入れで無くなってしまいそうだわ。

でも、大丈夫、お金が欲しければ土俵に埋まっているのだから。

また、戦って貰えば良いわ。

さて、私たちの分の鍋は整ったのでリジー王子の元に持って行きましょう。

「セバスチャン、おねがいね」

「はい、お嬢様。しかし、いつの間にお料理なぞお覚えになりましたか？」

「学園で習いましたわ」

嘘である。

本当は前世の女子相撲部で覚えたのよ。

合宿で何度も作ったわ、塩ちゃんこも、味噌ちゃんこも。

懐かしいわね。

セバスチャンに大鍋を持って貰い、私はご飯の入ったお櫃(ひつ)代わりの箱ね。

さて、みんながいるダイニングに行きましょう。

「お嬢様はお変わりになられましたな」

「そうかしら、自分では解らないわ」

「自信の無い弱い部分が消え、芯の強さが前に出られた感じですな」

「ありがとう、セバスチャン」

前世を思い出したからかしら、なんだか最近の私はくよくよ悩む事が無くなったわ。

心の重心も低くなったのかしらね。

なんだかとても生きやすくなったわ。

ダイニングに入ると、お父様とリジー王子が歓談なされているわ。

あと、ユスチン氏と、クリフトン卿、マウリリオ元将軍がテーブルに着いている。

私は魔導コンロを置き、ちゃんこの鍋を置いた。

「お、来た来た、フローチェ親方早く食べようぜ」

「もう、もうちょっと待ちなさいクリフトン。煮えるまで時間がちょっとかかるわ」

「ほう、これはお前が作ったのかい、フローチェ」

「はい、お父様、料理は学園で覚えましたの」

「おお、学園なぞ何の役にも立たないと思っていたが、実用的な事も教えてくれるのだな」

本当は学園では教えてくれませんけどね。

ちゃんこが煮えるまで、ご飯を椀によそっていく。

「わ、真っ白、なにこれ？　フローチェ」

「ご飯です、蓬萊(ほうらい)の主食ですね」

「へえ、わあ、いい匂い」

ご飯をくんくん嗅ぐリジー王子の姿には心が柔らかくなりますね。

尊いお姿です。

はぁどすこいどすこい。

「ん、味が無い？　ちょっと甘いか」

「こら、行儀が悪いぞ、馬鹿弟子め」

「味が無いんだよ、なんだろうこれ」

クリフトン卿がフォークでご飯をぱくぱく食べている。

「単体で食べる物じゃないわ、ちゃんこを食べながら食べるのよ。パンみたいな物よ」

「主食という事ですか、ふむ、珍しいですね」

マウリリオ元将軍が不思議そうにご飯を見ている。

「メインのメニューは、この鍋に入っているシチューかい？　フローチェ」

「シチューではありませんわ、お父様、ちゃんこと言いますの」

「ほう、良い匂いだね、不思議と食欲をそそる」

「いつものちゃんこと違うね」

「今日は味噌仕立てのちゃんこですよ。ホッベルズ特産の魚介類も沢山入れてますわ」

ホッベルズは貿易港であるのだけど、漁港でもあるのね。

沢山の魚や貝が毎日水揚げされるわ。

今日は市場にアデラを走らせて、鱈（たら）とエビ、ほたてを買ってこさせたわ。

お鍋はくつくつと煮え始めていい匂い。

蓋を開けて、ちゃんこをお椀に盛る。

お箸でみんなでつつきたい所なんだけど、こちらの人にはそんな習慣が無いから。

ちょっと寂しいけれど、しょうがないわね。

「いただきます」

「なに、それ、フローチェ」

「相撲式の食前の挨拶ですよ、リジー王子」

「そうなんだ、いたたきます」

舌足らずにいただきますをするリジー王子が可愛い。

もう、溶けてしまいそうだわ。

尊い。

はぁどすこいどすこい。

「む、はふはふ、これは熱いが、ふむ、美味(うま)いな」

「気に入っていただけましたか、お父様」

「うむ、魚貝のブイヤベースのようだが、不思議な味だな」

お父様が味噌の出汁をスプーンで掬って飲んでらっしゃるわ。

「お、これはうめえ、良い味わいだぜフローチェ親方」

「ふむ、いろいろな味が渾然となって、不思議な塩味で調和しておりますな。なんとも白身魚のつやつやとした彩り、エビの赤、野菜の緑、目にもとても美しい」

「ほふほふ、これは、美味しい。フローチェ親方にはこんな才能もあるとは」

味噌仕立てちゃんこだったので、少し心配だったけど、おおむね好評ね。

良かったわ。

「あふあふ、熱くて美味しいっ、こんな美味しいもの食べた事が無いよっ、フローチェ」

「まあ、良かったわ、沢山食べてくださいましね、リジー王子」

「あ、ご飯と一緒に食べると、もっと美味しいっ、すごいっ」

良かった、パクパク食べてくださっているわ。

うんうん。

お父様の、私とリジー王子を見る目が「でかした」と言っているようだけど、そんなのではないのよ。

本当ですわよ。

はぁどすこいどすこい。

一夜明けて、朝稽古だわ。
練兵場に稽古場召喚（コール・スモウグラウンド）で大きな稽古場を呼び出すわ。

土俵が五枚に、鉄砲柱が沢山出てきたわね。

新弟子五千人くらいだけれども、マウリリオ元将軍や、ユスチン氏に基礎練習は頼めるから、私が直接指導するのは、リジー王子とクリフトン卿、それから近衛力士隊の二十人ぐらいね。

股割りしたり、鉄砲をしたりして体を温める。

準備運動が終わったら、総当たり戦で、次々に掛かってくる力士を土俵の外に転がす。

クリフトン卿も少しは相撲になってきたけど、転がす。

リジー王子も腰を落とし、可愛く突っ張りしてきたわ。

とんとんとんとん。

良い突き押しね。

尊い。

はぁどすこいどすこい。

でも、上手投げで転がす。

ころころ転がる姿も尊い。

弟子達を二つに分けて、ぶつかり稽古をする。

みんなの動きが、だんだんと相撲らしくなってきたわね。

頼もしいわね。

稽古が終わったら、みんなで朝ちゃんこよ。

「今日は塩ちゃんこですよ。お味噌が無くなりましたので、貿易商にあたった所、一樽ありましたので、押さえました。あと二食分ぐらいは味噌のちゃんこが作れそうです」

「ありがとうね、アデラ」

「いえいえ、えへへへへ」

塩ちゃんこだけど、美味しいわね。

ほたてがジューシーで甘くて美味しいわ。

みんなで稽古場でちゃんこをぱくつくのは楽しい。

同じ釜の飯を食べてるって感じだわ。

「おいしいおいしいっ、ご飯はもう無いのかな？」

お米もフローチェ部屋全体で食べたら一食で無くなってしまったわ。

今日はパンで塩ちゃんこね。

「お米ですが、明日船が蓬莱から入るそうで、ある程度の量は確保できそうです」

「お米も品質があるから、気をつけないと。良いお米が来ていればいいけど」

「あまり流通が無い穀物ですからねえ。品質はどうでしょう。お相撲の副賞で貰ったお米はどうなんですか？　品質の方は」

「最上級ね。新潟は魚沼産のコシヒカリだったわよ」

「ピカピカした包装でしたねえ、凄い物でしたか」

ピカピカしてたのはビニール包装だからよ。

　この世界はビニールが無いからもの凄い物に見えるんでしょうね。

　さて、午後は休息をして、明日は朝からヴァリアン砦に出発ね。

　砦までは二日の行軍という所かしら。


「午後はお暇ですか、リジー王子」

「うん、特に用事は無いよ、どうしてフローチェ？」

「では、領都を観光しませんか、あちこちご案内しますわよ」

「わ、本当っ!!　いいの、フローチェ!?」

「あ、俺も行こうかなあ……」

　クリフトン卿が不穏な事を言ったので、ユスチン氏とマウリリオ元将軍にアイコンタクトをした。

『やれ』

『『イエスマム』』

　と、いう感じだ。

「あ、クリフトン卿も……」

「いえ、王子、馬鹿弟子はこれから用事がありますので」

「うぐぐっ」

「お情けでの卒業でしたので、こいつには補習を受けさせませんと」

「うぐぐっ」

クリフトン卿はユスチン氏に羽交い締めにされ、マウリリオ元将軍に口を塞がれて引きずられて行った。

うむ、良かった。

「さあ、シャワーを浴びてから領都を回りましょう。楽しい所が一杯ありますよ」

「うん、楽しみだなあっ」

子供らしく顔をほころばせて笑うリジー王子が尊い。

はぁどすこいどすこい。

シャワーを浴びて、ドレスに着替えて、領城の貴賓室へリジー王子を迎えに行く。

アデラが取り次ぎをして、貴賓室に入ると、中にはリジー王子とセバスチャンがいた。

リジー王子はお兄さまが昔着ていた礼服を着ていて、とてもシュッとしていてかっこ良くなっていた。

「フローチェ、ど、どうかな?」

「とても素敵でしてよ。はあ～、あがるや　軍配～　笑顔で受ける♪　櫓(やぐら)や落しの～　勝ち名乗りよ♪」

あら、リジー王子の姿が凛々しくて、うっかり相撲甚句が出てしまったわ。

いっけなーい。

はぁどすこいどすこい。

「そう、良かった、フローチェのドレスも素敵だよ」

「まあ、リジー王子ったら」

やっぱり王族ですわね。

天然タラシテクニックですわ。

はぁどすこいどすこい。

「それではまいりましょう」

「うん、最初はどこに行くのっ？」

「まずは海浜公園に行きましょう」

「わ、海を見られる？　僕、海を見たこと無いんだっ！」

そうですわね、この国の王族は避暑に高原の別荘へ行くぐらいで、あまり遊行はしませんものね。

ようございます。

リジー王子に私が生まれ育ったホッベルズの海を見せて差し上げますわ。

王子の手を引いて歩き出すと、彼はうちの粗忽メイドを見上げた。

「アデラも一緒なんだ、よろしくね～」

「はいっ、お嬢様の行く所、アデラありですからっ」

黙れ、呼び出しの人。

とはいえ、貴族の散歩にメイドが一緒についてこないという事はあり得ないのでしょうがないわね。

日傘も差して貰わなきゃいけないし。

私たちは城の大階段を下りて、エントランスホールを抜けた。

ああ、空は良く晴れて、デート日和ね。

はぁどすこいどすこい。

領城を出て南に向かうと海がある。

領民の憩いのための海浜公園になっているのね。

「わああっ！　海だああっ!!」

リジー王子が海を見て駆けだした。

公園は波打ち際が砂浜になっていて、砂を蹴立てて王子は走る。

「わあ、海だよ、フローチェ、冷たいよっ!!　あははっ!!」

王子は海に膝まで入り、海水を掬って飛び散らせた。

ああ、光の中ではしゃぐリジー王子が尊い。

はぁどすこいどすこい。

「すごいねえ、フローチェ、どこまでも水が続いているよ」

「遠く新大陸や蓬萊にも続いていますのよ」

「すごいねえ、海は広いね」

「おおきいね〜♪　月は昇るし、日は沈む〜♪」

「綺麗な歌だね。フローチェはいろんな歌を知ってるね」

「歌が好きなんですよ」

私もハイヒールを脱いで、海につかる。

波が寄せて、足下の砂が動いていく。

ああ、ここはオフィシャル空間じゃないのね。

ヒールも脱げるわ。

ああ、推しキャラと海で戯れる。

なんという至福かしら。

綺麗な海だわ。

この世界は海水浴があるので、夏なんかは水着の観光客でごったがえすのよ。

風が吹いて潮の匂いがするわ。

「フローチェ、お魚がいるよっ！　食べられるかなっ！」

「どれどれ、ああ、鰯(いわし)ですね、食べられますよ」

「よーしっ！　わっ、逃げたよっ！　素早い〜〜！」

うちの粗忽(そこつ)メイドが靴を脱いでやってきて、熊手とバケツを出した。

ああ、潮干狩りね。

魚を捕まえるよりも簡単だし、美味しいわね。

「リジー王子、貝を取りましょう」

「貝？　朝のちゃんこにも入っていたあれ？　取れるの？」

私は足で海底の砂を探り、アデラから熊手を借りて貝を掘り出した。

蛤ね。

「わ、わあああっ！　すごいっ！　フローチェすごいっ!!　どうやるのどうやるの？」

「足で砂を探って、何かあったら熊手で掘ってみてください」

ズボンを膝まで上げて、足で海底を探るリジー王子は尊い。

なんという、細くて尊い足。

はぁどすこいどすこい。

「これかな、わあああっ！　貝!!　大きいっ!!」

「沢山取って、お夕飯のちゃんこにしましょう」

「え、僕が取った貝を、フローチェとか、ユスチンとかに食べて貰えるのっ!!」

「食べますよ、楽しみですわ」

「よーし、頑張るぞ～」

リジー王子が張り切って蛤を取り始めた。

私も手伝って貝を掘る。

蛤をバケツに一杯取った所でアデラに渡す。

「私たちは市場を見てくるから、アデラはこれを領城へ持って行ってね」

「解りました。では、市場でまた」

私たちは波打ち際の東屋に行って、足に付いた砂を落とし、靴を履いた。

「たくさん取れたね。僕の取った蛤（はまぐり）は美味しいかな」

「きっと美味しいですよ」

タオルでリジー王子の足を拭き、靴下をはかせてあげる。

細い、尊い。

はぁどすこいどすこい。

靴を履かせてできあがりです。

「さあ、市場に行きましょうね」

「市場？　何が売ってるの？」

「お魚とか、お野菜とか、お肉とか売ってますよ」

「いくっ！　わあ、初めてだよ、フローチェ!!」

リジー王子の手を引いて市場へ向けて歩き出す。

道行く人が私を見かけて黙礼してくれる。

学園に行く前はこの街で育ったから私の顔を覚えている領民は多いわね。

海浜公園から、市場までは歩いてすぐだわ。

市場に入ると、活気の良い取引が活発に行われている。

「わあああっ！　フローチェ、いっぱい魚がいるよ。いろんな種類があるんだねっ」

「そうですよ、この地方では、よく魚を食べるので、種類も沢山ですわ」

「よお、姫さんっ、ご無沙汰だなあっ、なんでも軍隊引き連れて帰ってきたんだって」

「あ、おじさん、お久しぶりね。何か美味しいお魚入ったかしら」

「おうよ、今日はアンコウのいいのが入ったぜ。キモだけでも買っていきない」

アンコウ。

蛤と合わせて醬油ちゃんこもいいわね。

ここらへんだとアンキモだけ食べて、身は捨ててしまうか、猫の餌にしちゃうのよね。

もったいないわ。

「三尾ほど、お城に届けてね」

「あいようっ、まいどありっ！」

リジー王子がアンコウのコワイ顔を見て、おっかなびっくり触ろうとしているわ。

腰が引けてる姿も尊い。

はぁどすこいどすこい。

「コワイ顔のお魚もいるんだねっ、世界ってすごいやっ」

「リジー王子はこれから沢山の世界を見て、大きくなっていくのでしょうね」

「うん、そうだね……。でも、僕は自信が無いよ、フローチェ。兄上を押しのけて王様になんて成っていいんだろうか」

「丘の上の公園に参りましょうか」

「うんっ」

リジー王子の手を引いて、市場を出る。

領都と言っても、王都の四分の一ぐらいの規模だから、歩いて一周できるくらいの大きさよ。

ゆっくり歩きながらリジー王子と語る。

「リジー王子、私はこう思うのです。親兄弟でも悪い事は悪いと」

「うん……」

「生まれとか、事情とか、人にはいろいろあるでしょう、それによって悪事に手を染めてしまう者もいるでしょう」

私たちは坂を上がっていく。

洗濯物を抱えた奥様方が黙礼をしてくる。

「悲しい人、苦しい人、学が足りない人、そんな者たちに心を寄せる気持ちは尊いものです」

「うん」

「リジー王子はお優しい方です。ですから、こう考えたらどうでしょうか」

「どういうの、フローチェ」

「悪い事をする人は、誰かに叱られたいのだと」

「……え？」

丘の上の公園に着いた。

ここから見下ろす領都は美しい。

港に、帆船が行き来しているのが見えて、まるでおもちゃの船のようだ。

「わあああっ！」

「ここが領都ホッベルズです。貿易で栄えた港街ですわ」

「すごいなあっ、すごいなあっ」

領都を一望する絶景ポイントに魅了されたリジー王子は尊い。

はぁどすこいどすこい。

このお方は良き王になる資質を持たれている。

ジョナス王子よりも、ずっと賢明で考え深い。

だが、お優しすぎる。

だから、とてもお悩みになられるのだ。

「悪い事をした人は、誰かに罰せられるのを待っているのです。だからそれを見過ごすのは優しさではありません。無関心です」

「そう、なのか……」

「はい、ジョナス王子はヤロミーラに騙されて道をお外しになられました。王を拉致し、危うく、弟さまを殺す所までいってしまいました」

「うん、とても残念だよ」

「怒ってあげましょう。ジョナス王子を怒り、正道に戻す事ができるのは、リジー王子、あなた一人なのです」

リジー王子は深くうなずいた。

私の語った言葉がしっくりとどこかに収まったのだろう。

目に覚悟が宿ったように見える。

「解った。僕が兄上を助ける。罪を問い、罰を与える。それが兄上が今一番望んでいる事なんだね」

「はい、もともとジョナス王子は善良なお方です。今回の事は気の迷いなのです。リジー王子がお救いしてあげてください」

「ありがとう、フローチェ、君のおかげで気持ちが固まった。僕は王子として、兄上を討つよ。協力してくれるね」

「当然でございます、リジー王子、私はあなたの僕(しもべ)でございますわ」

リジー王子は深くうなずいた。

そして、私に抱きついてきた。

「大好きなフローチェ、僕は君を妃(きさき)に迎えたい。だ、だめかなあ」

わああ、大事な告白の最後でへたれるリジー王子が尊い。

尊すぎるっ。

鼻血が出てしまうかもっ！

なんという、なんという。

「お、王子が、そうですね、十六歳になった時に、同じようにまた求婚してくださいませ。その時には謹んでお受けさせていただきますわ」

「わあっ!!　本当っ!!　フローチェッ!!　嬉しいよっ!!　わああいっ!!」

喜ぶリジー王子をぎゅっと抱きしめる。

小さいお体だ。

十六歳になったらもっと大きくなりますわよね。

私はその頃は二十二、悪くはない、悪くはないですわ。

ええ、悪くはないですわね。

「門にゃ〜　松竹♪　注連縄（しめなわ）飾り〜♪　内にゃ〜　七福〜　鏡の餅よ〜♪」

「フローチェの歌が好き。もっと歌って」

喜びのあまりに、思わずこぼれた私の甚句に、リジー王子が反応して、催促をしてくれた。

私は丘の上の公園のお花畑の前で、王子と抱き合って幸せの甚句を詠った。

いつまでも。

いつまでも。

領都から二日の距離にヴァリアン砦はあるわ。隣国ヘーグマン王国との国境防衛のため岩山の高台にそそり立っていますわ。

私たちはヴァリアン砦の岩山を望む平地にキャンプを張って偵察中よ。

さて、どうしてくれようかしら。

「堅固な岩城です、建築も近代なので傷んだ所も無く難攻不落ですね。一昨年ヘーグマン王国軍三万があの砦を包囲しましたが、びくともしませんでしたよ」

アデラが床机の上に地図を広げながら説明をしてくれた。

だから、その軍事知識はどこから来たの？

日本のミリオタが転生してるんじゃないでしょうね。

「中に詰めるは神殿聖騎士団が二千、国境警備騎士団が六千、近衛騎士団が千という所です。こちらの手勢が一万五千なので数字の上では勝っていますが、要塞を攻めるための優位に立てる三倍には達していません」

「詳しいな、アデラ、何時そんな勉強を？」

「秘密です、侯爵閣下」

お父様があごひげをひねりながら唸った。

お父様は領兵五千を率いての参戦だわ。

もっとも正面戦力は二千だけどね。

後は輜重兵に輸送兵、工兵ね。

正規軍が留守の領都ホッベルズはお兄さまが予備兵二千で守ってる状態よ。

王都軍に攻められたら陥落するわね。

砦の戦力は、だいたい正面戦力だから、拮抗してるとも言えないわね。

「献策いたします、アルヴィ王が幽閉されているのは、こちらの西の塔と思われます。ので、精鋭部隊を裏門に出し、強行突破、その後一心不乱に西の塔を目指し、王を奪還するのはいかがでしょうか」

「ふむ、アデラくん、西の塔に幽閉されているという根拠は？」

マウリリオ元将軍が思案顔で呼び出し係に問いかけた。

「西の塔だけ、窓の回りが綺麗です。王を地下牢に入れた例は歴史的にありません。東の塔は全体的に汚れています。よって、西の塔の可能性が高いと思われます」

ふむ、アデラの癖に考えたわね。

王は西の塔か。

でも、欺瞞だった場合は王の命が危ないわね。

どうしようか。

「フローチェ、どうしようか」

リジー王子は司令官席に座っているんだけど、背が足りないので、クッションを沢山下に敷いているわ。

とても愛くるしいお姿ね。

はぁどすこいどすこい。

私は立ち上がった。

「横綱相撲で行きます。正門を正面突破します」

「はっ？　お嬢様聞いてらっしゃらなかったのですか、正面突破だなんて、いくらお嬢様がスモウの達人でも無理な相談ですよ、お考え直しくださいっ」

「大丈夫よ、アデラ。私には相撲があるわっ」

「もう、お嬢様ったらーっ!!」

うるさいわね、呼び出しの人。

相撲の力を使わないと国境の城塞なんか落とせないわよ。

「具体的にはどうするんだ、フローチェ親方？」

「岩を投げ込みます」

「はあ？　お嬢様の馬鹿力でも岩山の上の砦に岩なんか投げ入れられる訳ないじゃないですか、やだなあ、他に意見のある人は～」

呼び出し係を後ろから襲って頬を引っ張ってやったわ。

「いひゃいいひゃい、お嬢様」

「しかし、親方、岩を投げ入れるとは、いったい？」

「超電磁（リニア）三所攻めを使いますよ、ユスチン」

「マウリリオ元将軍を吹っ飛ばしたあれですか」

「あれよ」

◆　◆　◆

パシュウウウウウウウン！

ドワン!!


岩に相撲の付与効果が出るか心配だったけど、問題は無かったわ。

おしゃれチェンジでドレスにマワシを締めて、岩と立ち合い、三所攻めの要件を満たすと、ちゃんと岩の足下に光でできたリニアレールが発生して、音速を超えて飛んで行ったわ。

「お嬢様、惜しいですっ、着弾、右」

「岩が不定形だから、砦の門にぶち当てるのが難しいわね」

軍を展開させて、その頂点で、私とアデラは岩と取り組んでいるわ。

「せいっ、せいっ、せいっ！　超電磁三所攻め(リニア)!!」

岩に足を掛け、腕で岩の足を払い、頭で押す。

輝くリニアレールが発生する。

この時点でリニアレールは若干上下左右に動かせるようね。

そして、押す！

パシュウウウウウウウン！

ドワン!!


岩は音速を超えて、ヴァリアン砦の壁に激突した。

「着ダーン、今！　もうちょっと右です」

もうもうと土煙が上がるのが見えるわ。

岩壁にひびが入ったわね。


今、私たちがいるのは砦を下りた所にある平原ね。

ここで一万五千人の陣を張っているわ。

砂漠みたいな所で日差しが強いのよ。

力士隊が四人がかりで次の岩を運んでくるわ。

ごっちゃんです。

「せいっ、せいっ、せいっ！　超電磁（リニア）三所攻め！！！」

岩に足を掛け、腕で岩の足を払い、頭で押す。

輝くリニアレールが発生する。

パシュウウウウウウウウン！

ドワン!!

「着ダーン、今！　正門に命中しました、木枠がちょっと弾け飛びましたね」

「今の感覚ね」

何発か正門に岩を当てればぶっ壊せそうね。

「せいっ、せいっ、せいっ！　超電磁（リニア）三所攻め！！！」

岩に足を掛け、腕で岩の足を払い、頭で押す。

輝くリニアレールが発生する。

パシュウウウウウウウウン！

ドワン!!

「着ダーン、今！　正門に命中！　わ、穴が開きましたよっ！」

「やったわねっ、よし、もう二、三発当てれば」

バーンと城塞の正門が開いて、一群の聖騎士団が現れた。

その後ろからカンカンに怒ったヤロミーラが現れた。

「なんなのっ、なんなのっ！　バカじゃないのっ!!　なんで岩を飛ばしてくるのっ!!　非常識よっ!!　フローチェ・ホッベマー!!」

クリフトン卿が私の後ろから顔を出した。

「よし、フローチェ親方!!　ヤロミーラに岩をぶつけてやろうぜっ!!」

ヤロミーラは「ひい」と言って、聖騎士の陰にしゃがみ込んだ。

「いや、さすがにそれは、クリフトン……、危ないわよ」

超電磁（リニア）三所攻めは、人にぶつける技じゃないと思うのよ。

「フローチェ！　お前の悪事も今日で終わりよっ!!　この神聖聖女ヤロミーラの秘術の前にひれ伏しなさいっ!!　【聖戦（クルセイド）】!!」

そう言って、ヤロミーラは何かの呪文を唱え、巨大な魔方陣を聖騎士団の足下に展開させた。

「まずいです！　お嬢様っ!!　あれは教会の儀式魔法【聖戦（クルセイド）】、女神の信仰心がある者を強力にサポートするバフ魔法ですっ!!　効果は攻撃力二倍！　防御力が半減、他に【士気向上】【思考狭窄】【疲労軽減】と【苦痛無効】が付きますっ!!」

あいかわらず、なんでそんなにいろいろ詳しいのか、この呼び出しさんは。

なとりのロゴも誇らしげに揺れているわ。

「ありがとう、アデラ。力士隊、前へっ!!」

「「「「ごっちゃんですっ!!」」」」

二十人の怪力無双の力士達が私の後に続く。

前方の聖騎士達は無表情に前進してくる。

まるで、前世のゾンビみたいね。

「全員！　四股！」

「「「押忍！」」」

全員で高々と右足を上げ、大地を踏みしめる。

ドーーーン！！！

むっ、効果が無い。

聖騎士達は槍や剣を構え、粛々と前進してくる。

「おーほっほっほっほ!!　お馬鹿さんねっ、フローチェ!!　教会の儀式魔法は聖属性！　聖属性の四股なんかで干渉されるもんですかっ!!　さあ、あなたたち、憎い教会の敵、フローチェと、醜いふんどし担ぎどもを斬り殺しなさいっ!!」

「「「「応ッ！！！」」」」

まずい、先頭の聖騎士が速度を上げ、大剣を振り上げて斬りかかってくる。

パアン！

張り手で大剣の出鼻の手首を打ち、距離を詰めて組み付く。

腋に手を差し込む。

ブオン。

体を崩して、投げ捨てる。

ブオオオオッ!!

「竜巻掬い投げ!!」

竜巻が発生し、密集した聖騎士達を巻き込んで破裂する。

「……」

聖騎士達は転がったが、全員が無表情に立ち上がる。

くっ!

【聖戦】が掛かったままでは気絶もしないし、心も折れないかっ!

土俵でもないので、倒れた事へのペナルティも無い。

「ほーほっほっほっ!! いいざまねっ!! フローチェ!! 相撲敗れたりだわっ!!」

ヤロミーラは高笑いをして私たちをあざ笑う。

「さあっ!! 殺しなさいっ!! 虐殺しなさいっ!! 異教徒を殲滅し、女神の清浄な世界を作るのですっ!!」

「「「「イエスマム！！！」」」」

　聖騎士が槍や剣を取り直し、我々に迫ってくる。

　万事休すかっ!!

『アウトーッ！！！』

　突然、頭の中に甲高い声が響いた。

　この場にいる全員のようだ。

　聖騎士達も耳を押さえている。

『あなたたちの心に直接話しかけていますっ、私です、愛と戦争の女神、フローレンスです』

「「「「「は？」」」」」

　私たちと聖騎士の群れの間に光が集まった。

　そして、とても神々しく光輝くトーガをまとった金髪の女性が現れた。

「ヤロミーラさん、アウトー！　あなたは男性と愛の無いセックスを重ねっ！　光魔法チャームを男性の関心を得るために使い！　聖なる目的以外に使えない【聖戦（クルセイド）】の魔法で人に危害を加えようとしました！　なので、愛と戦争の女神として、あなたの聖女としての資格を剝奪いたしますっ!!」

「「「「「は？」」」」」

愛と戦争の女神、フローレンスを名乗る女性は聖騎士の群れの間を駆け抜けていく。

「な、なにを言うの、こ、これは悪魔の仕業よっ!!　魔王の謀略よ!!　だ、誰か止めなさいっ!!」

フローレンスの爆走を止めようと聖騎士が立ち塞がるが、彼女は止まらない。

「リーギンス、あなたは病気の母の快癒を毎晩願っていましたね、今ここに、フローレンスがその願いを叶えますから、とっととどきなさいっ!!」

「は、はいっ！　女神さま、ああっ、本物の女神さまっ！」

「うるさい、どけーっ!!」

あ、フローレンスさまが、リーギンスと呼んだ聖騎士を蹴飛ばして吹っ飛ばした。

さすが、軍神でもあるからパワーが凄い。

いつの間にか聖騎士たちの【聖戦(クルセイド)】が解けて、みな座り込み、爆走する女神さまに手を合わせお祈りを唱えている。

フローレンスさまがヤロミーラに近づいた。

「めめめ、女神さま、これはその、ちょ、直接出て来られるなんて、ルール違反じゃないんですか、その、地上の事は地上の者に任せるのが神様としての矜持(きょうじ)とかじゃあ、ないんでしょうか」

「くらえっ!!」

フローレンスさまは手に光輝く大きな張り扇を顕現(けんげん)させた。

「聖　性　剝　奪　!!!!」

バッカーン!!

「ぎゃあああああっ!!」

ヤロミーラは聖なる張り扇によって殴り飛ばされ、きりきりと回りながら吹っ飛んでいった。

「ヨシ!」

フローレンスさまは力強くうなずいた。

そして振り返る。

「後の事は、その、良い感じにやってね」

「ちょっと待ってください」

私が問いかけると、フローレンスさまは耳を押さえて小走りで力士隊の方へ駆け出した。

「あー、聞こえない聞こえない、天上の者は下界の者と親しく語り合ってはいけないのですっ」

「あんた、今、ヤロミーラをぶっ飛ばしましたよねっ」

「あいつはいいんです、ろくでなしですからっ、まったく問題はありません、はい、ありませんっ」

フローレンスさまは逃げる。

私は追う。

力士は避ける。

「ちょっと、説明しなさいよっ！」

「あーあー、説明とかありません。馬鹿をうっかり転生させちゃって、世界がめちゃくちゃになりそうだったから、異世界の戦士の楽園（バルハラ）の神に掛け合って、他の人を転生させて収拾が付きそうだったけど、聖なる力と聖なる力がぶつかると、とんでもねえ事になりそうだからと、焦ってやってきたなんて事実はありませんっ!!」

「ばればれやないかいっ!!」

フローレンスさまが力士の隣で急に曲がった。

私はその力士を通り過ぎたが、先には誰もいなかった。


いや、うちの粗忽（そこつ）メイドがいただけだった。


「今、変な女神さまがここを通らなかった？」

「い、いえ、私は何も見てませんよ、女神さま？　なんですか、それは。お嬢様ったら、やだなあ、あはははっ」

「どこに行ったのかしら、あの駄女神め。本当にもう」

アデラが駄女神の訳がないしね。

さすがに粗忽（そこつ）な呼び出しさんでも、あれと一緒にするのは可哀想だわ。

逃がしたか。

小一時間ぐらい正座させて奴の弁明が聞きたかったのだけれど。

おっと、戦争中だったわ。

急いで力士隊の先頭に戻る。

「あれ？」

聖騎士団が全員土下座をしていた。

「「「申し訳ございません」」」

「ええと」

「あの、腐れ悪女ヤロミーラに我々は騙されていたのです。女神フローレンスさまがはっきりとおっしゃってました。ああ、我々はなんということを」

騎士団隊長ぽい人が泣き崩れた。

「あ、ヤロミーラは？」

目で探すと、ヤロミーラは馬に乗って、砦の向こうの街道を疾走していた。

くそ、逃げ足が速い。

「あの街道は西に三キロ行くと、王都往還と合流しますな」

どうしよう、追いかけてヤロミーラを捕まえるか、砦を落とすか。

「我々、女神教団聖騎士団千八百四十二人は、リジー王子に降伏いたします」

「よし、聖騎士団の降伏を認める。我が軍に下れ」

「ははあっ！」

騎士団隊長はリジー王子に平服した。

聖騎士団は精鋭揃いだ、二千の兵が増えるのはいいな。


カンカカンカンカン！

早い調子の拍子木が鳴った。


赤文字。

『注意喚起』

『強力士(つよりきし)出現：番付大関』


砦の正門が開いて、小柄な人影が現れた。

あれが？　大関？

オデッル市出身　ドミトリー・カザンツェフ　と番付表に表示されている。

「いやあ、困りましたな。聖女さまを撃退されてしまうと、私が出ないといけなくなるじゃあありませんか」

痩せこけた老人だった。

とても強そうには見えない。

何かの武道の達人なのか。

「あなたが戦うの？　ドミトリーさん」

「おや、わしの名を知っておりましたか、さすがはフローチェさま」

ドミトリー氏は愉快そうな顔で笑った。

「戦うのはわしではありません、彼ですな」

そして、彼は空を指さした。

高空にトカゲのような影があった。

そしてそれはどんどん大きくなる。

赤い赤い緋色のドラゴンが平原に降りてきた。

でかい。

三階建てのビルぐらいある真っ赤で凶悪なドラゴンがそこにいた。

「さあ、リジー王子、ドラゴンに焼き尽くされたくなければ降伏してくださいましね」

ほがらかにドミトリー氏は笑った。

こいつは魔獣使い（テイマー）かっ！

「対巨獣用土俵召喚（コール・スモウリング・ザ・ビッグハント）」

私がコールすると差渡し三十メートルはある特大土俵がせり出してきた。

魔法は便利ね。

「お、お嬢様、ななな何をなされるつもりですかっ!!」

「うるさいわね、相撲よ、早く呼び出しなさい、アデラ」

「む、無茶ですっ！　ドラゴンとなんかスモウできる訳がないじゃないですかっ！　ここは表向き降伏して、夜陰に紛れて魔獣使い（ティマー）のおじいちゃんを暗殺しましょうっ！」

「聞こえておるぞよ、メイドさん」

魔獣使い（ティマー）のドミトリー氏は砂かぶりの席に座り込んでこちらを見ていた。

今日も観客席が沢山できていて、私たちの一万五千の軍勢は枡席に座り、幕の内弁当を食べ、日本酒を飲んでいた。

みんな、お相撲の興行を楽しんでいってね。

「魔獣使い（ティマー）が呼び出した魔獣となんか、真面目に戦う人はいませんよっ！　相手はドラゴンですよ、ドラゴン！　格闘技が通じる相手では無いですっ!!」

「相撲に不可能は無いわっ」

「あると思いますが……」

「早く呼び出しなさいっ」

アデラが渋々土俵に上がった。

ドラゴンがきょとんとしてアデラを見ている。

「ひがあああしい〜〜〜フローチェ〜〜〜、フローチェ〜〜〜。にいいいしいい……、おじいさん、ドラゴンさんのお名前は？」

「ファラリスじゃ、というか何をするつもりかのう、この子はわしの命令しか聞かんが」

呼び出し係の人は、声を張り上げた。

「にいいいいし〜〜〜、ファラリス〜〜、ファラリス〜〜〜」

「な、なんじゃとっ！」

ドラゴンは困惑の表情を浮かべながら、ズシンズシンと音を立てて土俵に足を踏み入れた。

「聞こえる？　ファラリス？」

「？」

なんだとばかりに小型乗用車ぐらいあるファラリスの頭がこちらに向いた。

「これから、あなたと私で一騎打ちをするわ、ルールは簡単、足の裏以外の部分が土に付くか、土俵の外に体が出たら、負けよ」

うむ、ファラリスは二足歩行の竜みたいだ、都合が良い。

四足歩行の相手に相撲をしろと言っても可哀想だしね。

しかし、近くで見ると、とても綺麗なドラゴンだ。

赤い鱗がピカピカと光を反射している。

夢のような綺麗で勇ましいドラゴンだ。

精悍で凶暴そうな顔に角が生えている。

背中にはゴツゴツとしたトゲと大きな羽が生えている。

均整が取れた体つきが美しい。


胸から腹に掛けて、真っ黒な紋が刻まれていた。

魔獣使い(ティマー)が使う隷従紋(れいじゅうもん)だわ。


「ふぉっふぉっふぉ、愚かなフローチェさまよ、今すぐ降参せねば、そのドラゴンが火を噴き、あなたさまを丸焦げにしますぞっ」

「ドミトリーさん、それをやってもいいけど、相撲開始前の攻撃として反則負けになって、ファラリスは一ヶ月ぐらい私と戦えなくなるわよ」

「なっ、なんじゃとっ！」

「もう相撲は始まっているのよ」

「くっ！　儀式魔法の強制力かっ!!」

コンンココンコンココンとリズムの良い拍子木の音。


アデラを筆頭に報奨金の旗を持った半透明の呼び出しさんたちが土俵を回る。

今日の土俵は大きいから、一回りするのも大変ね。

行司さんが土俵に上がってきた。

「ファラリス、ルール的に、立ち会いの時に一回だけは土俵に手を付けるけど、その後土俵に手を付いたらあなたは負けるからね、羽も尻尾も駄目よ」

　私は塩をまきながら、ファラリスに声を掛けた。

「フゴウ」

　ファラリスはうなずいた。

　人の言葉が解るみたい、賢いわね。

『みあって、みあって〜』

　私はファラリスとにらみ合った。

　大きい目だ。

　私の上半身ぐらいはあるだろう。

　口も大きくて私なぞは一口で食べられてしまうな。

　しかし、相撲になるのだろうか。

　ファラリスの足首まで私の身長ぐらいはある。

　組み合う事ができない。

　張り手投石機（カタパルト）で走りながら牽制か……。

　駄目よ、そんなの相撲じゃないわ。

　使える技は……。

居反りとか撞木反り……が、ワンチャン。
踏み潰されるかもしれないわね。
とりあえず、相撲魂(スピリッツ)の最大回転数で押し相撲をしかけましょう。
押し相撲は全ての技の始まりなのよ。
『みあってみあって～～～』
私とファラリスとの間の気が高まった。
同時に仕切り線に拳を突いた。
私は立ち上がり、走った。
『はっきょいっ!!』
初めての体験だ。
対戦相手の体の下を走っても走っても体に付かないのは。
ファラリスは爪で私を攻撃しようとして固まった。
「駄目じゃっ!!　爪は使うなっ!!　地面に付いてしまうわいっ!!」
ファラリスにドミトリー氏の声援が飛ぶ。
ふっ、解っているじゃない、おじいちゃん。
その隙にファラリスの足に取りついた。
まるで大木だわ……。
瞬間、私に閃光が走った。

てっぽうを、すれば、いいじゃないっ！

私は息を吸い込み、ファラリスの足に向かって、てっぽう、てっぽう、てっぽう!!


ズドーン!!　ズドーン!!　ズドーン!!

GYAAAAAAAAAASU!!!!


てっぽうを打つたびにファラリスの足がぐらぐらと揺れて、後ろに下がる。

効いてる!!

てっぽうっ、てっぽうっ、てっぽう!!

「どっこいっ！　どっこいっ！　どっこいっ!!」


ズドーン!!　ズドーン!!　ズドーン!!


自然に乙女らしくないかけ声が出るわ。

でもかまわない。

私は一塊（ひとかたまり）の相撲取りなのだからっ!!

ファラリスが攻撃されている方の右足を引いて、私目がけて土俵を踏みつけた。

ドカアアアアン!!


ドラゴンの四股は爆弾並の威力があるわねっ！

でも大丈夫、すり足高速移動で避けまくるわ。

このまま、てっぽう&アウェイで勝ち星を上げてやる。

「ええい、すばしこい奴め、ファラリス!!　火炎放射じゃっ!!」

「グワアッ!!」

ファラリスの頭が天を仰ぎ、びゅううと空気を吸い込み始めた。

いけないっ！　面攻撃の火炎放射は土俵の上では避けるすべが無いっ！

効果は抜群だ!!

相撲魂(スピリッツ)の回転数を上げる。

もはや私のすり足はスピードスケート並の速度になるわ。


ドワアアアアッ！


もの凄い熱が放射されて、体の片側が熱くなる。

凄いわね、ドラゴンの火炎放射。

最大戦速で土俵の中を回る。
私の後を追跡するがごとく火炎放射が追いかけてくる。
『のこったっ、のこった！』
行司さんは軍配で炎をしのいでいるわ。
そんな機能があるのね！
さらに回転数を上げ、速度を上げる。
巨大な相手には速度が必要だ。
腰を落とし、すり足で、それでも超高速で私は移動する。
どんな効果が抜群の攻撃でも、当たらなければどうという事は無い！
ファラリスの後ろに回り込む。
首の旋回範囲を超えたのか、火炎が止まった。
彼は尻尾が土俵に付かないようにぴょこんと上げている。
接近して後ろ足首にてっぽう！

ズドーーーン!!

GYAAAAOOOUSU!!!

姿勢を崩してファラリスは倒れそうになるが、足を開いて踏ん張った。

『のこったっ！　のこった！』

そうかっ!!
ドラゴンは空を飛ぶ！
だから、足腰はあまり鍛えてないわっ!!
これは発見ね!!
片足にてっぽうを連続的に打ち込めば勝機があるかも知れないっ！
私はファラリスの左足に向かって高速移動をする。
彼は私を探してくるくると回る。
死角に潜り込むように、すり足すり足。
取ったわ、後ろ足！
伸び上がるようにして、ファラリスのふくらはぎに、てっぽう!!

ズドーーン!!

ANGYAAAAAAAA!!!

ファラリスが悲鳴を上げた。

姿勢が崩れたわ、もう一発!!

てっぽう!!

ズドーーン!!

GUWAGYAAAAAN!!!

大きくバランスを崩した、倒れる!!

「やったぜ、フローチェ親方!!」

「すごいよっ!!　フローチェ!!」

「意外に他愛の無い相手……」

「あ……」

突然土俵の上の私を突風が襲った。

バッサバッサ。

姿勢を崩したファラリスが羽ばたいて空中で体勢を直していく。

「ファラリス!　地上戦に付き合う必要は無いのじゃっ!!　空から火炎放射じゃあっ!!」

ドミトリー氏が大声でファラリスに声援を送る。

行司さんが高度を上げていくドラゴンを見て固まっている。

ルール的にはどうなの？

『の、のこった！』

え、のこっていいの？

そりゃあ、土俵の外にも出てないし、土も付いてないけど。

土俵の輪(サークル)から上空へ光る壁のような物が現れた。

「ファラリス、その壁に当たらなければ、ルール的にオーケーのようじゃ、気をつけて飛行し、高空からブレスじゃっ!!」

ファラリスがうなずき、息を吸い込み始めた。

対空迎撃！

私の視界に丸と十字の照準(レティクル)が現れてファラリスの頭部で重なった。

赤文字。

『照準固定(ロックオン)』

「狙い撃つ！　張り手投石機(カタパルト)ォっっ！！！！」


パーンッ！

張り手が音速を超え、衝撃波が手の平の形になってファラリスの頭部を狙う。

カーン！


「かかっ！　ドラゴンの表皮は設置強弓（バリスタ）も刺さらんっ！　衝撃波ごときでは傷にもならんのじゃっ!!」

「なんて石頭なのだっ!!　あの竜はっ」

「ああっ！　威力が足りえねっ!!」

くっ、あの位置からだと土俵のどこへでも当てられる！

死角が無いっ!!

ファラリスの頭が下がった
口が大きく開き光った。


ゴワアアアアアッ！！！


炎が大きく土俵の上に広がる。

ドラゴンの火炎放射は一撃で鉄をも溶かす超高温だ。

くそっ、避けられない！

溶かされる!!

「フローチェ!! 危ないーっ!!」

リジー王子の声が聞こえた。

ドラゴンの火炎は、どうやって防げばいいのか……。

行司の後ろ、とも思ったが彼は土俵の遠い所にいた。

やばい。

こーれはー、やばいー。

竜巻(トルネード)掬(すく)い投げができれば……。

だが、相手がいない。

火炎放射が私の体を覆う瞬間、私は掬(すく)い投げの型を無意識に放っていた。

ブオン。

相撲魂(スピリッツ)が高速回転を始め、私の体の周囲を風が回り、火炎を吹き飛ばした。

出る。

型だけでも、付与効果が出る!!

掬(すく)い投げの型を続ける。

ブオオオオオオオッ！
風がらせん状に回転し、竜巻になり、火炎を飲み込み吹き飛ばす。
『の、のこった！　のこった！』

もういっちょ！
さらに、掬（すく）い投げの型を放つ。
竜巻（トルネード）がまた一つ生まれる。
いくらでも、作れる！
掬（すく）い投げ、掬（すく）い投げ、掬（すく）い投げ！
二本、三本、四本、五本の竜巻が土俵に立ち上がる。

ゴオオオオオオオオッ!!

GYAAAAAAAN!!!

逃げ道を塞がれたファラリスが咆吼（ほうこう）を上げる。

お、念で竜巻を操れる。
なるほど、魔法なんだ。
五本の竜巻がファラリスを巻き込み、磔のように、その動きをがっちりと止めた。

GYAAAAAAAAN!!!!!

よしっ！
掬い投げ！
新しい竜巻を作り上げる。
私の足下を飲み込ませる。
竜巻を上手に操作して、私は宙に舞い上がる。
「行くぞっ！　ファラリス、アリアカ航空相撲の開始だっ!!」
どんどん高度を上げる。
ファラリスは体を動かして竜巻から逃れようとしているが、逃がさん。
さらに高度を上げる。
土俵が下に小さく見える。
ファラリスの頭の上を飛び越し、更に上空へ。
新しい技を試す。

ファラリスの上空で狙いを付ける。
竜巻の上から手を広げ、ファラリスの額目がけて飛び込む。
――流星（メテオール）だ。――私は、流星（メテオール）になる。
私はまっすぐファラリスの額に向けて飛び込んでいく。
自分自身を質量弾に変える。
「くらえっ!!　流星（メテオール）浴びせたおし！！！」
ズガーーーーーーン！！！
GYABUTU!!!
ズガーーーーーーン！！！
ズガーーーーーーーン！！！

三段に重力魔法衝撃をファラリスの額に食らわせた。
同時にファラリスを拘束した竜巻を解除する。
きりもみをしながら、ファラリスと私は落下していく。

ズドオオオム!!

ファラリスは頭から突っ込み、クレーターを作って土俵に体を半分埋めた。

『フローチェ〜〜〜!』

砕け散った土俵の端っこに立った行司さんが、軍配を私に上げた。
私の、勝ちだ!!

ファラリスの胸の隷呪紋がボロボロと剝げ落ちていく。
あら。
魔獣使(ティマー)いとの接続が相撲で解けてしまったのね。

危ないかしら？

あらあらあらあら。

どんどんファラリスの体積が縮んでいき、ボヘンという音がすると煙が上がった。

「ずっりーよっ!!　格闘技じゃなくて魔法じゃあないかーっ!!」

ファラリスのいた所には、褐色の肌、白い髪の幼い少年が素っ裸で地団駄を踏んでいた。

「いえ、組み合えなかったから。サイズが違いすぎよ」

「人化したから、これで勝負だっ!!　小さくなったが力は大きいままだぞっ！」

少年は私に掛かってこようとして、途中で止まった。

「なんだーっ、ぐぎぎぎっ」

「というか、ファラリスなの？」

「そうだっ！　動けねえっ!!」

「なんで人型に？」

「なんか、スモウに負けたらできるようになったっ!!　うぎいいいっ!!」

「そうなの、お話しできて嬉しいわ、ファラリス」

「勝負だあ、フローチェ!!」

負けん気の強い褐色ショタドラゴン。

ああ、ワイルドで素っ裸。

尊い。

はぁどすこいどすこい。

「相撲で一回負けたら、次の場所まで戦えないのよ」

「えー、マジかよお」

ファラリスは座りこんでしまった。

お、リジー王子が土俵に上がってきた。

ファラリスに手を差し伸べる。

「君もフローチェにお相撲を習うといいよ」

「な、なんだよ、お前～」

「僕はリジー、フローチェにお相撲を習ってるんだ、一緒に習わない？」

「俺はファラリスだ、そうすればあの女と戦えるのか」

「ええ、いつでも戦えるわ」

フローチェ部屋に入れば練習試合という名目で勝負し放題だ。

人の大きさになったファラリスがどれくらい強いか興味があるわね。

「わかった、俺も習う」

「フローチェ部屋にようこそ、新弟子のファラリス」

「お、おう、よろしく。リジーも、よろしく、俺はファラリス」

「うん、ファラリス、僕たちも兄弟弟子だから、お友達になろうね」

「お、おう、そんなに言うならな、リジー」

ああ、美少年二人の交流はとても美しいわ。

背景に華麗なバラが見えます。

尊い。

はぁどすこいどすこい。

リジー王子にも年相応のお友達ができたわ。

実年齢は知らないけど、精神年齢は同じぐらいね。

上空からゆっくりとマワシが降ってきた。

ファラリスの竜の時の表皮の色と同じ真っ赤だわ。

「ユスチン、クリフトン、ファラリスにマワシを締めてあげて」

「わかりましたぞ」

「へへ、新弟子がぞくぞくと入ってくるな、フローチェ親方」

「な、なんだお前ら、気安いぞ」

「ばーろーっ、俺らは兄弟子だぞっ」

「さ、これを締めてかっこ良くなろう、ファラリス」

「な、なんだよ、うん、色はいいな、俺の鱗の色と同じだ」

真っ赤なマワシをピシッと締めたファラリスはとても格好がいいわね。

「ファラリス……」

ドミトリー氏が砂かぶりから土俵に上がってきた。

ファラリスの巨体が土を粉砕しているから、歩きにくそうね。

「おっ、とうちゃんっ、とうちゃんとの接続切れちまったよ、また付けてくんないか」

「おおおおっ、ファラリスが人型に、なんという事か、なんという事か」

ドミトリー氏はファラリスをぎゅっと抱きしめた。

「夢ではないのか、おお、ファラリス」

「これまでは隷呪紋が邪魔して人化できなかったみてえだよ、とうちゃん」

「わしをとうちゃんと呼んでくれるのかっ」

「とうちゃんはとうちゃんだぜ、話が出来るようになって嬉しいぜ」

ドミトリー氏は泣いた。

そして、リジー王子の足下に土下座した。

「王子の命を狙っておいて、誠に厚かましいのじゃが、わしの首を差し出すので、ファラリスだけは、ファラリスの命だけはお助けくだされ」

「とうちゃん、とうちゃんが死んだら、俺は困るよっ！」

ドミトリー氏のファラリスへの命乞いに、リジー王子はきょとんとした。

「ファラリスとは、もうお友達だから命を取ったりしないよ」

「リジー王子……」

「だよなーっ！　だよなーっ！　リジーはいい奴だもんなっ！」

「ドミトリーさんも降伏してくれたら問題無いよ、僕のお友達のお父さんなんだし」

「王子っ！　王子っ！　ああ、ああ、なんという事か、なんという器の大きさかっ」

ドミトリー氏は地面に伏して、泣いた。

「謹んで、リジー王子に、この老体の身柄を預けます、ファラリスともども」

「おう、俺はもう、相撲を覚えるからフローチェ部屋に入門したぜ、とうちゃん」

「うんうん、いろいろ教えて貰うんじゃぞ」

「だから隷呪紋をまた付けてくれよう、とうちゃんと念話ができなくてさびしいや」

「ばかもん、隷呪紋を付けて人化できなくなったらどうするのじゃ。それに念話なぞ使わんでも普通に会話ができるではないかっ」

「あっ、そっかーっ！」

ファラリスとドミトリー氏は笑い合った。

良い親子関係ね。

素敵だわ。


ヴァリアン砦の正門が開いて、一群の兵隊ときらびやかな服を着た人が現れた。

「あ、お父様だっ！　お父様〜!!」

リジー王子が手を振った。

偉そうな感じの軍人が王様の先導をしていた。

連行という感じではないわね。

偉そうな軍人はリジー王子の前に来てひざまずき、頭を下げた。

「ヴァリアン砦守備軍はリジー王子に降伏いたします」

「そうか、でもどうして？」

「ドラゴンを倒すような勇者がいる軍には到底かなう訳もありません。頼みの聖女ヤロミーラも女神さまに張り倒されました。リジー王子、何卒、砦の兵には寛大なご処置を」

「うん、いいよ、解ってくれたら問題無いよ、同じアリアカ国民でしょ」

「ああっ、あああああっ、リジー王子、あなたはなんとご寛大なっ！」

ヴァリアン砦守備軍司令官は泣いた。

軍人は泣いてばっかりね。

「お父様っ!!」

リジー王子が駆け出して、アルヴィ王に抱きついた。

「リジー、よく余を助け出してくれたな、礼を言うぞ」

「僕は何もしてません、全部、このフローチェが戦ってくれました」

私はアルヴィ王に向けてカーテシーを決めた。

「おお、おお、西の塔から見ておったぞ、ドラゴンと格闘して倒すとはなんというたくましい女武者か、それでいて華奢で美しい。フローチェ・ホッベマー侯爵令嬢よ、褒めてつかわす」

「お褒めいただき、光栄至極にございます」

王様を奪還したわ、勢いにのって、次はアリアカ王城に攻め込みましょう。

アデラが半透明の呼び出しさんと、もっこを担いでいた。

「何してるの、アデ吉」

「アデ吉ってなんですかっ、その呼び方!!」

「呼び出しの人は大吉とか幸吉とか呼ばれるのよ、だからアデ吉ってつけたわ」

「いやですよっ！　そんな名前っ！」

「わがままね、アデ吉は。で、何をしてるの？」

「やめてくださいっ、その呼び方っ、表彰式に向けて土俵を直してるんですよ、お嬢様がドラゴンを叩き落としたりするからっ！」

ああ、表彰式ね。

そうね、式が無いとお味噌とか、お米とかが手に入らないわ、賞金も魅力だけど。

呼び出しさんたちが頑張って補修しているけど、これは時間がかかりそうね。

そうだ。

「対巨獣用土俵送還（リターン・スモウリング・ザ・ビッグハント）」

対巨獣用土俵だけを地面に戻して、と。

「土俵召喚（コール・スモウリング）」

普通の土俵を出せば、問題無いわ。

「わ、お嬢様っ！　ナイスアイデアですっ！　やったーっ!!」

「なんでもないわよ、アデ吉」

「それで押し通す気ですね、お嬢様」

ほほほ。


『表彰式に先立ちまして、土俵に向けて国歌斉唱を行います、皆様ご起立おねがいします』

枡席を含めて、二万四千もの人々が立ち上がった。

なかなか壮観ね。

アデ吉たちは、大きなトロフィーを運んだり、準備に余念が無い。

荘厳な国歌のメロディが流れてきた。

「ほほう、これは素晴らしい式典だ」

「お相撲の大会が終わった記念の式典ですからね、お父様」

隣で王様が式典に感心していた。

「「「暁の大陸平原に命を受けて、走り戦い祖国を守る〜♪」」」

「「「国境の砦に友の血が流れ、隣の者が倒れても〜♪」」」

「「「我らは侵略者には屈しない、栄光の国土を守るのだ〜♪」」」

君が代に比べると物騒な歌詞だけど、フランス国歌よりは大人しいわね。

会場の二万四千が合唱すると圧が凄いわね。

国歌はいいわね、身が引き締まる感じがするわ。

アデ吉に呼ばれたので土俵に上がる。

今日も故元横綱の親方ね。

いつもありがとうございます。

『表彰状！　あなたは七月七日、ヴァリアン砦場所で素晴らしい成績を残しましたので、ここに表彰します！』

表彰状を受け取り、アデ吉に渡す。

大きなトロフィーを受け取り、ユスチン氏に渡す。

「いつも、ありがとうございます親方」

『最近頑張っているね、これからも精進してくださいよ』

「はいっ！　恐れ入りますっ！」

わあ、元横綱の親方に声を掛けられちゃった。

嬉しいわ。

それから、ぞくぞくと半透明の人々に表彰された。

アクリル瓶に入った椎茸とか、ガラスの杯とか、前回貰った賞もあった。

味噌や、お米、お醤油も、また貰ったわ。

新しい賞もあったわ、巨大な緑のマカロンのトロフィーを貰いましたの。

シラク大統領からの賞ね。

受け取ったけど、これはオブジェね、クッションみたいだわ。

副賞として、食べられる黄金のマカロンが貰えるみたいね。楽しみだわ。

今回も沢山賞を貰ったわね。

「素晴らしいセレモニーだったね、フローチェ嬢」

アルヴィ王が話しかけてきた。

「ありがとうございます、王様」

「私も、スモウ興行で何かできないだろうか」

「お相撲を習いますか？」

「うーむ、余はもう年だからなあ」

おや、半透明の行司さんがやってきた。

『では、行司をやってみませんか王様』

「む、言葉が通じるのか」

『最近、フローチェ親方のおかげで相撲人口が増えましたので、いろいろできるようになりましたぞ』

「そうだったの」

「ギョウジとはどんな仕事なのか？　余にもできるだろうか」

『行司とは相撲の審判ですな。どちらが勝ったか判定を下す仕事です』

「詳しく教えてくれまいか」

『よろしゅうございます。こちらへ』

王様と行司さんは土俵の上で何か話し始めた。

「フローチェ、スモウ取ろうぜ、スモウ！　俺もヒョウショウして貰ってキノコを貰うんだ」

「まあ、熱心ねファラリス、偉いわ」

「えへへへ」

ファラリスはワイルド系で勝ち気だけど、可愛いわね。

でも私にはリジー王子が。

はぁどすこいどすこい。

「ファラリス、それよりも、砦に行って君の服を見ようよ」

「え、俺、マワシ、気に入ってるけど」

「マワシはスモウの時に着ける特別な服なんだよ、普段は別の服を着ないと」

「おう、俺も一緒に行ってやるよ、リジー王子、ファラリス」

「そうか、頼むぞ兄弟子。いろいろ大変だなあ人間の世界も」

「すぐ慣れるよ、行こうぜ」

リジー王子とファラリスの面倒をクリフトン卿が見てくれるようだ。

助かるわ。

彼は子供好きね。

王様が帰って……。

「どうだね、フローチェ嬢、似合うかな」
「よく行司服がお似合いですね」
王様は青色の直垂（ひたたれ）をキリッと着てとても格好がいいわ。
少しお太りだったから着物の似合うこと。
嬉しそうに軍配を振っている。
「私は土俵上では、ショウノスケ・キムラという偽名で呼ばれるようだ」
あら、いやだ、最高位の立行司（たちぎょうじ）じゃないの。
私が半透明の行司さんを見ると、彼は重々しくうなずいた。
そう、次の場所は、アリアカ王国の西の横綱エアハルト戦があるからなのね。
土俵と観客席が地面にゆっくり飲み込まれていく。
半透明の行司さんや呼び出しさんが、私たちにぺこりと礼をして消えていく。
どこからか跳ね太鼓が聞こえる。
と思ったらアデ吉が叩いていたわ。
アリアカ王城はここから三日。
さあ、王都よ、アリアカ王の帰還よ。
行司姿だけど。

幕間：アリアカ城女神像の間～玉座の間～ベランダ

アリアカ城には、女神像を奉(たてまつ)った部屋があります。

神殿騎士のオーヴェが神官を指揮して、大きな女神像を移動させようとしています。

「何をしているのかね、オーヴェ卿」

通りがかったエアハルトがオーヴェに声を掛けます。

「こんな偽聖女のいる場所に尊い女神像を置いておけるものか、王の帰還まで神殿で保管させて貰うのだ」

エアハルトは大げさにやれやれというリアクションをします。

「ご挨拶だね、君だって可愛いヤロミーラに熱烈な愛を捧げていたというのにな」

「まったく、恥ずかしい限りだ、フローチェ嬢にスモウで投げられるまで、洗脳に気づかなかったとは、慚愧(ざんき)に堪(た)えぬ。君はどうなのだ、エアハルト」

「僕は最初から洗脳には掛かっていないんだよ。体質でね」

「自らの意思で、あの毒婦に協力していたというのか」

「そうさ、僕の計画に都合が良かったのでね」

オーヴェは腰に下げた大剣に手を掛けました。

そして、肩の力を抜いて、振り返り、神官への指示を続けます。

「おや、やらないのかい？　オーヴェ」

「必要は無い、フローチェ嬢がお前を倒してくれる」

「あはは、あのスモウという児戯で倒してくれるのか、それは楽しみだ」

「ふん、スモウがなんたるか、解ってから戦慄するのだな、エアハルト」

「あんな物、ナイフを持てば楽勝だろう」

「油断しているがいい、フローチェ嬢が楽になる」

そう言って、オーヴェは女神像の輸送に手を貸しに行きました。

エアハルトはやれやれと首を振ります。

玉座の間にはジョナス王子がいました。

うなだれながら玉座に座っています。

「どうしてこうなったのだ、エアハルト」

「おや、どうしました、ジョナス王子」

「どうもこうもあるかっ！　貴様が言ったのではないか、リジー王子さえ捕まえれば王座は我が手に転がりこむと」

「ええ、私もフローチェ嬢がスモウに目覚めるなぞ予想外でしたよ」

「軍から脱走が相次いでいる、マウリリオ将軍の下に走っているらしい、もう、王城の防衛は近衛騎士団五千しかいない。これでどうやって守れというのだ」

「八方塞がりですね。降伏しますか？」

ジョナス王子はひゅっと息をのみました。

「王に逆らった庶子の王子なぞ、処刑されてしまうっ！　ああ、なんという事だ……」

「では、籠城するしかありませんね」

「だが、助けなぞっ」

「籠城が長引けば、隣国が兵を動かすでしょう、国の半分を差し出して助力を求めたらどうですか？」

「馬鹿な、そんな、そんな事……」

「死にたくないのでしょう、ではしかたが無いじゃありませんか、頼みのヤロミーラも、女神直々に聖女の資格を剝奪されましたし」

ジョナス王子はエアハルトをにらみつけます。

「お前はいったい、何がしたかったのだ、なぜアリアカに乱を起こし、混乱を招くのだっ！」

「おや、これはお言葉ですね。ジョナス王子。あなたが王位を望み、ヤロミーラが王妃の座を求めたのですよ。私は何もしておりません」

「お前が謀反を誘ったのではないかっ！」

「そんな覚えはありませんね、ジョナス王子、事実無根の糾弾は困りますよ、私はフローチェ嬢ではありませんので」

「ああっ!!」

ジョナス王子は玉座の上で頭を抱えました。

エアハルトの笑顔はまるで顔に張り付いている仮面のようでした。


エアハルトは王宮のベランダに出ます。

峨々たるヴァリアン山脈が遠く霞んで見えます。

「しかし、ドラゴンを退けるとは、スモウとはなんなのだ」

これからあの方角から王軍が現れるとエアハルトは思います。

「籠城して、しばらくすれば父から援軍が送られてこよう。それまでの辛抱だ」

エアハルトは目を伏せ、手袋を外します。

左手は竜の腕のように青い鱗が生えています。

「王国を無傷で手に入れたら、父は褒めてくれるだろうと思ったが……。なんとも無様な事だな
……」

ドタバタとやかましい足音が聞こえたので、エアハルトは手袋を戻しました。

「エアハルト〜!! 奴らが来るわっ!! フローチェが、相撲で私を殺しに来るわっ!!」

「おちついて、私の可愛いヤロミーラ。僕が命に代えてもそんな事にはさせないよ」

ヤロミーラの姿を見て、エアハルトはほくそ笑みました。

女神の加護が無くなった彼女は、神秘的な美しさが消え、ただの町娘のような容姿に変わっています。

「ああ、愛するエアハルト、あなただけが頼りだわ、私だけがあなたの事を理解してあげられるのよ、魔王の息子のエアハルト」

「……」

「人と魔王の間に生まれたあなたの寂しさは私が救ってあげるわ、だから、だから、私を守ってね」

「ああ、もちろんだ、愛するヤロミーラ、あの凶悪なフローチェから、君を守り抜く事を誓うよ」

エアハルトはヤロミーラを強く抱きしめます。

「ゲームの知識で私を救ったと思い込んでいるゲスな転生者め、王国を手に入れたら、お前をドブ川に投げ捨ててやるぞ……」

そうつぶやいたエアハルトの言葉は、あまりに微かだったので、誰にも聞こえず、風に溶けていきました。

夜のとばりがゆっくりと偽りに満ちた王城を包んでいきます。

第四章

千秋楽 アリアカ王城場所

ファラリスが突進してきたので、土俵中央で受け止めた。

ざざざっとハイヒールが土俵上を滑り、一気に徳俵まで押し込まれた。

なるほど、凄い力だ。

ドラゴンの力のままというのは本当のようだ。

だが、技はちっとも覚えてない。

重心も高い。

足を掛けると、簡単に転がって土俵の外に出た。

「あ、あれー、なんでだ、なんでだよう」

「力だけではお相撲は勝てないわよ」

「くっそー、もう一回!!」

「俺とやろうぜ、ファラリス」

「ユスチンとか、いいぜー、お前なら負けないっ！」

簡単に上手投げでファラリスは土俵に転がった。

「うそだろーっ!!　俺はユスチンより弱いのかーっ！」

「これでも格闘技の先生なんでなあ、次は馬鹿弟子とやってみな」

「ははは、俺と勝負になるわけないじゃんか、ファラリス」

凄い大勝負になり、粘りに粘ったが、クリフトン卿は負けた。

「うおーっ!!　勝ったーっ！　勝ったー!!」

「今は油断しただけだ、もう一番、な、もう一番っ」

「いいぜー、スモウ面白れーなーっ」

次はクリフトン卿がつり出しで勝った。

持ち上げられてはファラリスの怪力の使いどころも無いわね。

「ファラリス、次は僕としようよ」

「えー、リジーとだと俺が勝っちゃうよー」

「それはやってみないと解らないよ」

「そうかー、それもそうだな、やろうやろう」

土俵上で、ファラリスとリジー王子の取り組みが始まった。

意外に上手にリジー王子はファラリスの怪力をいなしていた。

あ、上手出し投げで投げた。

リジー王子も進歩してるわね。

よきかなよきかな。

「お前、スモウ上手いなあ」

「ファラリスくんの力凄いね」

土俵上で男の子二人が友情を深めている図というのもグッとくるわね。

尊さマックス。

はぁどすこいどすこい。

私たちは今、峡谷の中にいるわ。

朝稽古をしている所ね。

五千人を超える弟子達が一斉に朝稽古をしている所は勇壮ね。

リジー王子軍も二万を超えたので、ちょっとした街が移動している規模だわ。

ファラリスのお父さん、ドミトリー氏も呼び出し係に就職したの。

紺の法被の背中には紀文と書いてあるわね。

「ファラリスはドミトリーさんが卵から育てたんですか？」

「そうですじゃ、若い頃、ドラゴンの巣へ忍び込んだ事がありましてな、卵を盗もうとしたんですが、竜が竜を食い殺しておりました、何かのもめ事だったんでしょうな。その時一個だけ残った卵がファラリスですじゃ」

そうだったのね。

「若い頃からファラリスとは一緒でしてな、あの子のおかげでギルドランクも上がり、魔獣使い（ティマー）としての名声も得られましたのじゃ」

「そうでしたの」

「わしもいい年になりましたので、大金をつかんで引退と思いジョナス王子の仕事を引き受けましたが、こんな事になりまして、ええ、逆に素晴らしく良かったですわい。ファラリスも喜んでおります」

ドミトリー氏は顔を輝かせた。

「ええ、良いお相撲取りになりそうね。リジー王子が学園に入学する時は一緒に通わせてあげましょう」

「おお、そこまでしてくださるか」

「他ならぬリジー王子のお友達ですもの」

「ありがとう、ありがとう」

人化したドラゴンのお友達なんか、持とうと思っても持てないわよ。

末永く、リジー王子と仲良くして貰いたいわ。

「皆さーん、ちゃんこができましたよ～、兵士の人は大テントへ、士官の人は士官テントへ行ってくださ い～」

「おおおっ、ちゃんこ～、今日のはなんだ、アデ吉」

「アデ吉って言わないでよファラリス。今日は醬油ちゃんこよ」

「ショーユ、昨日の奴か」

「いいえ、昨日は塩よ、ファラリスが食べた事が無いやつよ」

「おおおおっ、違う味のちゃんこ、行こう行こう、フローチェ、リジー、とうちゃんっ！」

「はいはい」

みんなで士官テントに行き、朝ご飯にする。

領都を離れてしばらくたつため、海産物はもう無いわ。

今日の醬油ちゃんこは鶏ちゃんこね。

士官のみんなが大きなテントに集まったわ。

「マウリリオ、新弟子の調子はどう？」

「なかなか仕上がってきましたね。五人ほど近衛力士隊に送れますが、どうします？」

「後で編成してちょうだい、近衛力士がこれで二十五人ね」

「かしこまりました、親方」

テーブルに着いて、食事を始める。

醤油味の汁に、地鶏のぶつ切りと、にんじん、ジャガイモ、白菜が入って、具だくさんだ。

主食はパンよ。

ご飯は、祝賀会と、昨日で無くなってしまったわ。

みんなよく食べるから。

こんど、半透明の人に頼んで、あの人たちが来る世界からお米を輸入しようかしら。

「うめっ、うめっ、うめっ、あー、人間の世界は美味しくて面白くてすげえなあ」

ファラリスが山盛りのちゃんこをかっこんでいた。

「ファラリスはドラゴンの時はどうしてたの？　街には入れないよね」

「んー、街近くの山にいたなあ、とうちゃんがたまに美味い飯とか持って来てくれるのが楽しみだったけど、つまんなくてさあ」

「すまんかったなあ、ファラリス」

「ああ、しょうがねえよ、でっかくなっちまってたからさあ。だから俺は今は嬉しいんだよ、ほんとうに人化できて良かったよ」

「うん、もっと一緒に人間の世界を楽しもうね、ファラリス」

「おう、いろいろ見て回りたいぜ、リジー」

さあ、明日はアリアカ王都に入って、王城を攻撃するわ。

ご飯を食べたら行軍ね。

あれ、アデ吉が呼んでいる、なんだろう。

近くに寄ると、アデ吉が声を潜めて喋ってきた。

「あのファラリスはなんとかなりませんか、ちゃんこを鍋で五杯は食べてますよ」

「まあ、ドラゴンですからね」

ファラリスはオバQみたいね。

食費が大変だわ。

まあ、王様が玉座に戻ったら国費で養って貰えば良いわね。

七月十日、リジー王子軍、二万は王都アリアガルドへと到達した。

街門は閉ざされてひっそりとしている。

「国王陛下の帰還であるぞ、街門を開けよっ!!」

馬に乗ったマウリリオ元将軍が門を挟んだ塔に叫ぶが反応は無い。

そして、門の上には兵はいない。

「押し通ってもよろしゅうございますか、リジー王子」

「フローチェ、できるの？　王都の正門は堅牢だよ」

「お嬢様、斥候部隊を出し、塀を越えさせて門を開けるのが常道ですよ」

うるさいわね、この軍事オタクの呼び出しは。

「近衛力士隊！　来なさいっ！」

「どすこいどすこい！」

二十五人の力士たちが現れると勇壮ね。

全員マワシいっちょの裸で、足には雪駄よ。

彼らは裸がユニフォームなのよ。

「目標王都正門！　対物てっぽう戦用意!!」

「どすこいどすこい！」

力士たちが雪駄を脱ぎ捨てた。

私を筆頭に、二十五人の力士がすり足で正門に詰め寄っていくわ。

銅で作られた壮大な正門に接近し全員で息を合わせて、てっぽう。

腰を落とし、渾身の力で突き押し!!

「「「「どっこーい！」」」」

ズドーーーン!!

「「「「どっこい!　どっこい!　どっこいっ!」」」」

ズドーーーン!!　ズドーーーン!!　ズドーーーン!!

ドガン、ガラガラガラ!

さしもの王都正門も近衛力士隊のてっぽう連打によって破壊されたわ。

相撲に不可能なぞ無いのよ。

私たちは、王都に入城した。

王都はシンと静まりかえり、猫の子一匹大通りにはいない。

人はいないのかなと思って建物を見ると、カーテンの陰の人影とかが見えるから、リジー王子軍が略奪放火をしないのかと恐れているみたいね。

馬に乗ったアルヴィ王が列の前に出てきた。

「王都の民よ!　王だ、お前たちの王がアリアガルドに帰ってまいったぞ、さあ、愛する民たちよ、顔を見せておくれっ!!　ジョナス王子とヤロミーラに虐められてなかったかいっ?　もう大丈夫だ、私が帰ってきたからなっ!!」

おずおずと、王都の民たちが戸を開け、窓を開けて顔を出し始めた。

子供が一人、とととと、一輪の花を持ち、アルヴィ王の元に駆けてきた。

「おうさま、おかえりなさいっ」

「おう、帰ってきたぞっ、明日から、この国は元通りだ」

アルヴィ王は馬を降りて、子供を抱きかかえた。

「王だ、正当なアリアカ王の帰還だ……」

「ジョナス王子派は終わりだ、またアルヴィ王の治世が再開される……」

「王よ、よくご無事で」

「あの裸の一群はなんだ？　やけに勇ましいが」

家の中から、民たちがおずおずと外に出てきた。

「何をしけた顔をしておるのだっ、王の帰還ぞっ!!　歓声を上げよ、国歌を唱和せよっ、楽曲を鳴らせっ!!　王都の諸君、派手にいこうじゃないかっ!!」

うおおおおっ!!　と群衆が爆発した。

どこからか、楽団が現れ国歌を演奏し、民が唱和する。

「「「「「アルヴィ王!!　アルヴィ王!!　アルヴィ王!!」」」」」

さすがは王様ね、カリスマの塊で、民を乗せるのが上手いわ。

「お父様、格好いい」

「そうか、リジーよ、お前が戴冠する頃にはこれくらいできるようになっておくのだぞ」

「うん、がんばるよっ！」

「民を鼓舞できてこそ、真の王族だ」

大丈夫、リジー王子には聖王の片鱗が見えるわ。

きっと名君と誉れの高いアルヴィ王陛下よりも、ずっと讃えられる聖王になりますわ。

私が死ぬまでお守りしますし。

「さあ、王の凱旋だっ！　皆の者！　王城までパレードだっ!!　花をばらまけ、舞い踊れ、王の凱旋を言祝（ことほ）ぐのだっ!!」

「「「「アルヴィ王!!　アルヴィ王!!　アルヴィ王!!」」」」

歌い、踊る群衆を連れて私たちは王都大通りを歩いて行くわ。

リジー王子軍の兵士たちも、笑って民衆に手を振り、国王の帰還を盛り上げているわ。

中央通りを抜けるとお堀になっていて、水面に沿ってパレードは歩くわ。

水面に群衆が映って、お祭りのよう。

町中から人が出てきて、アルヴィ王に歓声を上げ、帽子を振って帰還を喜んでいる。

紙吹雪が舞い、どーんと祝砲も上がるわ。

沢山の楽団が合流して国歌をエンドレスで演奏し、群衆は声を合わせて歌い、踊る。

ああ、今日はきっと、帰還祭として、祝日になるわね。

白馬に乗ったオーヴェ卿が現れた。

「神聖なるアルヴィ王よ、教会は間違いを悟り、あなたさまに降伏いたします。罪は全て聖騎士団長の私にありますっ、拘束をっ」

寄って来たオーヴェ卿の騎馬を向かい討とうとする騎士を手で止め、アルヴィ王は鷹揚に笑った。

「おお、オーヴェ、戻ったか。そうよのう、女神直々に光の聖女の聖性を剥奪されては、教会としても、ヤロミーラに付いてはおれんな」

「はっ、汗顔の至りですっ、今すぐ私を処刑なされても恨みはいたしませぬ」

「よいよい、馬鹿聖女のせいで豪傑を亡くすのも業腹、これが終わったら、一ヶ月ほど田舎教会で謹慎しておれっ」

オーヴェ卿は憤然と頭を上げた。

「王よっ！ 我が王よっ!! それでは、それでは我が気持ちがっ、収まりませぬっ、どうか罰を、罰をお与えくださいっ！」

「わはは、真に余を王と呼ぶならば、言うとおりにせい。気持ちは自分で折り合いをつけよ、それが罰ぞっ」

オーヴェは馬上でうなだれた。

「我が王の仰せのままに」

「とりあえず、今は戦力が欲しい、聖騎士団は我が軍の最後尾に付け」

「ははっ！ 聖騎士団よっ！ 我らは王軍に合流するっ、軍のしんがりに付けっ!!」

「「「応っ！！！」」」

聖騎士団の騎馬隊は速度を上げて後方へ去る。

「まったく、オーヴェの奴は堅くていかん、女子の色香で道を誤るなぞ、よくある事よ、のう、フローチェ嬢」

「わたくしに言われましても」

「それもそうか」

王様は、愉快そうにかかかかと笑った。


軍隊は群衆と共に、王城前広場に到達したわ。

九日前、馬車でリジー王子と逃げ出した王城に戻ってきたわ。

いろいろな事があったわね。

私も、リジー王子も、一回りも二回りも大きくなった気がするわ。

アルヴィ王が騎馬で前に出た。

「さあ、出てこいっ!!　馬鹿息子よっ!!　親父様の帰還ぞっ!!　出てきて頭を下げよっ!!」

王様の声は大きくてよく響くわね。

門の所まで聞こえているはず。

門の上に、ジョナス王子とヤロミーラ、そしてエアハルトが現れた。

「と、父さん、その、あなたはもう、王ではないーっ！」

「ほう、そうなのか、今すぐそのへたれ口を閉じ、城を明け渡すならば、命だけは助けぬでもないがなあ、どうだ、馬鹿息子!!」

「だだだ、騙されないぞー！　ぼ、僕が、今は僕がアリアカの王だっ！　かかか、帰れーっ！　帰れようっ!!」

アルヴィ王は振り返って笑い顔を民衆に向けた。

「息子は、こう言っておる。お前たちはどうかの、王都の民よ？　ジョナスは王として戴(いただ)くにふさわしい男かー？　答えよー!!」

民衆は沈黙した。

「あいつは頼りない……」

「女に騙される王様なんていやだわ……」

「あの人ってさ、エアハルトさま頼りだしなあ……」

門の上のジョナス王子は慌てた。

「お、お前たちっ！　私が王になったら、王として認めるなら、税金、税金を半分にしてやるぞ、どうだっ!!」

民は沈黙した。

「こんな場面で金で釣るのか……」

「なんだかなあ……」

「そんなの王様じゃないよな……」

アルヴィ王は馬上で笑い始めた。

「あっはっは、金、我が馬鹿息子は金で王位を買おうと言うのか、あっはっは。まったく、余の教育が行き届いておらなかったようだ。民にも迷惑をかけたな」

王様は民衆に向けて頭を下げた。

「うわ、やめてくださせえっ、王様が悪かった訳じゃありませんし」

「こ、困ります、頭を上げてくださいっ」

民衆は困惑して、口々に王に懇願した。

「民よっ!!　ここに余は宣言するっ!!　余は税金を下げたりはしないっ!!　国を守るためには金が要るからだっ!!」

王様の言葉に民が応じる。

「おうっ！　それは正しいっ!!」

「お金がもうかっても、国が無くなってはしょうがないわ!!」

王は腕を振り上げ、さらに言葉を続ける。

「余は、今ここでっ!!　お前たちに約束をしようっ!!　誇りだっ!!　お前たちにこの国の民で良かったと、この国に生まれて幸せだったと、そう誇れる統治を約束しようっ!!　アリアカの民の誇りを、余の元で持てる事を、余は女神に誓って約束するっ!!　お前たちが選ぶのは、余か!!　ジョナスかっ!!　選ぶがよいっ！！！」

民衆の声が爆発した。

「「「「アルヴィ!!　アルヴィ!!　アルヴィ!!　我が王アルヴィ!!」」」」

ジョナスがアルヴィ王コールの嵐の中で力を失ったようにがっくりと膝を突いた。

王様の格の違いってやつね。

アルヴィ王のカリスマは素晴らしいわ。


さて、私の出番かしら。

アルヴィ王が前線から退いたので、私が前に出る。

「ジョナス王子、ヤロミーラ、今すぐ、降伏をして、王城の門を開けなさい！」

「断るわ、ばっかじゃないのっ！　私たちは籠城するのよっ!!」

ヤロミーラのキンキンとした声が王城前広場に響いた。

群衆が声を揃えてブーイングをした。

「王都はアルヴィ王の威光で制圧されたわ、どこからも補給は入りません、日干しになるつもりなの、ヤロミーラ！」

「お、お前なんかに負けるぐらいなら、餓死を選ぶわっ！　反逆令嬢フローチェ・ホッベマー!!」

「戴冠も済ませてない偽の王を戴き、女神に絶縁された偽りの聖女が籠城して誰が助けに来るのっ？」

「うるさいっ!!　来るったら来るんだっ!!　その時にギャフンと言うのはお前だっ!!」

何を期待しているのかしら、あの馬鹿は。

「お嬢様、今こそ近衛力士で城門を破砕、その後二万の軍で城内の兵を皆殺しにいたしましょう。

大丈夫です、向こうは近衛騎士とはいえ、五千、半日もせずにすり潰せます」

「アデ吉、黙りなさい」

「アデ吉はやめてください～」

なんて怖い事を考えるのかしら、この粗忽（そこつ）呼び出しは。

背中のなとりのロゴが煤（すす）けるわよ。

さて、どうしようかしら。

「包囲して日干しにしてもいいのだけれど」

「我が軍の物資なら、一週間は包囲可能です、その後は商人から調達になります」

マウリリオ元将軍が声を掛けてきた。

一週間も二週間も時間をかけたくないわね。

土俵を呼んで、門の上の連中を呼び出そうかしら。

橋の上に土俵は呼べるのかしら。

観客席はどうなるのかしらね。

うむ。

『お困りのようですな』

あ、行司の式守家のおじいちゃまが出てきた。

「橋の上に土俵は出せるかしら」

『水場の上はあまりお勧めいたしませんな』

「そうなの……」

式守家のおじいちゃまは馬上の王様に近づいた。

『木村さん、あの城はあなたのですかね？』

「キムラ……、ああ、余か、そうですな、王城は余の物でありますぞ」

『そうですか、ならば、王城全体を国技館として改造しませんか』

「コクギカン？　相撲をする場所か？」

『はい、観客席は三万人収容、地上二階、地下一階、地下には焼き鳥工場があります』

「焼き鳥工場、何か解らぬが心を引かれる言葉だ」

「ふむ、王城を残して、庭園スペースに建てたら良いかもしれないわね」

『王城を残す配置もできますな。ただ、建材の関係で城壁は無くなります』

王城の城壁が無くなると、堀だけが防御施設になる、だが、国技館があれば王城への壁にはなるわね。

「どうします、アルヴィ王」

「ふむ、コクギカンを作れば、あの門の上の馬鹿三人はどうなるね？」

『外に吐き出す事もできますし、中に取り込む事もできますぞ』

「よし、作ろうではないか、奴らは中に取り込んでくれ。どうすれば良いのか」

『王城の所有者である木村さんと、たぐい希なる相撲力（ちから）を持つフローチェ関が声を合わせて、唱和してください【アリアカ国技館召喚（コール・アリアカスモウキャッスル）】と』

私はアルヴィ王の顔を見る。

彼は深くうなずいた。


「「アリアカ国技館召喚(コール・アリアカスモウキャッスル)!!」」


王と声を合わせ、朗々(ろうろう)と唱和した。

その瞬間、アリアカ王城の正門がガラガラと崩れだした。

「な、なんだとっ!!」

「きゃあああっ!!」

「なにいっ!!」

門の上に乗っていた三人は崩れ落ちる門の中に落ちていく。

ゴゴゴゴゴと轟音と共に、大きな国技館が地面からせり出してくる。

両国国技館のデザインじゃないわね。

明治に建てられた、旧国技館を大きくしたような、お洒落なデザインだわ。

「お、大きいな」

「お城に食い込んだわ」

『思ったより、大きかったようですな、アリアカの国技館という事で工務店が良くないハッスルをしたようですのう』

アリアカ国技館はお城を半分飲んだ所で成長を止めた。

元々一つの建物だったみたいにマッチしているわね。


半透明の式守のおじいちゃまのトランシーバーが鳴った。

『こちら設営班A（アルファ）、聖騎士団四千七百五十六名を拘束、二階枡席に送致完了、オーバー』

『了解、暴れ出さんように、枡席に結界にて閉じ込めておきなさい、オーバー』

『こちら設営班B（ブラボー）、城内の侍女、メイド、執事、コックさんたちを確保、二階席に誘導します、オーバー』

『了解じゃ、くれぐれも丁寧にな』

『こちら設営班C（チャーリー）地下牢にて、収監されていた方々を解放、これより二階席東に案内します、オーバー』

『了解、具合の悪い方や、病気の方はいるか？　オーバー』

『こちら設営班C（チャーリー）全員、特に問題はありません。水を差し上げてもかまいませんか、オーバー』

『かまわない、現場の判断でお持てなしするのじゃ。設営班E（エコー）応答せよ』

『こちら、設営班E（エコー）、現在枡席の整備中です。何か？　オーバー』

『地下牢に捕らわれた人が二階席東に案内される。苦労なさった方々ゆえ、お土産セットは松セットから横綱セットに変更せよ、オーバー』

『こちら、設営班E（エコー）、了解いたしました。おしぼりも三本ずつ追加してもよろしいか？　オーバー』

『うむ、ミネラルウォーターも三本追加せよ。オーバー』

なんというか、極楽（バルハラ）の人たちはどうかしてんじゃないと思うぐらい有能ね。

『さて、万事整いましたぞ、軍の方々も入城できますな』

アルヴィ王は民を振り返った。

「民が見られる場所は無いのか」

式守のおじいちゃまはふんわり笑った。

『それでは、立ち見席を増設いたしましょうぞ。さすがは木村さん、お優しい』

「いやあ、馬鹿息子がフローチェ嬢にどやされる所を民にも見せたいだけだよ、優しくはないぞ」

そう言って、アルヴィ王はカカカと笑った。

私は近衛力士を引き連れて橋を渡る。

入り口は大きく開放されて、半透明の人たちがお辞儀で迎え入れてくれた。

どこからか、寄せ太鼓が聞こえる。

と、思ったらアデ吉が櫓の上で打っていた。

さあ、行くわよっ、アリアカ王城場所、いきなり千秋楽だわ!!

エントランスに入る。

半透明のお相撲さんがもぎりに立っていた。

『いらっしゃいませ～』

よく見ると前世で昔大好きだったお相撲さんだった。

「また会えて嬉しいですわ」

『**恐れ入ります、今日は開館記念日なので、入場券は必要ございません。フローチェ関はこちらへ、お部屋の皆様もどうぞ**』

半透明のお相撲さんは私たちを先導してくれる。

しかし、ピカピカで凄い建物ね。

「なんというか、圧倒されるなあ、なんだあのガラスの透明度は」

「きょろきょろするな馬鹿弟子。しかし、こんな宮殿でスモウか、素晴らしいな」

「フローチェ親方、私は軍の入城を指揮してまいります」

「おねがいね、マウリリオ、いつもありがとう」

「とんでもございません」

マウリリオ元将軍が去って行く。

彼は将軍でなくなったのに、兵の事を良く思う素敵な漢(おとこ)だわ。

「すごいね、フローチェ、王宮よりもピカピカでモダンな感じだね」

「ええ、両国国技館よりも立派だわ」

突き当たりには展示があって、たしか元の国技館だと賜杯などが飾ってあったのだけど、今は何も飾っていないわ。

これから、私たちが沢山の勝負で歴史の証をここに残していくのね。

開いたドアから中を覗くと、視界いっぱいに枡席が並んでいた。

そして、その奥に、緑色の座布団が敷き詰められて、その中央に土俵が見えるわ。

「わあっ、すごいなあっ、あそこでスモウを取るんだね。柱が無いのに屋根がある、魔法？」

「いいえ、上からワイヤーで吊るされているのですよ」

四方に、赤、青、黒、白の房がかかった、紫色の垂れ幕が付いた立派な吊り屋根だ。

大広間の階段を下り、地下に入る。

クロークを抜けると、通路になっていて、その先が審判部屋らしい。

半透明の元名力士の親方衆が座り込んで談笑していた。

なんか、実体化が進んでないかな？

大相撲が隆盛になると、完全にこっちの世界に来たりして。

それはそれで嬉しいけど、次元的にはどうなのだろうか。

……、まあ、私が心配する事でもないわね、駄女神にお任せしよう。

さらに先に進むと、行司部屋があった。

『**それでは木村さんはここで**』

「わかった、フローチェ嬢、頑張るのだぞ」

「わかりましたわ、アルヴィ王陛下」

はぁどすこいどすこい。

リジー王子の元気の良い声がとても心地よい。

「はいっ！」

「うむ、精進するのだ、リジー」

「行ってくるね、お父様」


通路の先に、東の支度部屋はあった。

わあ、結構広いわね。

「うおおっ、すっげー、なんだこのマット!!」

ファラリスが歓声を上げて、一段高い位置の畳に飛び込んだ。

「草を編んだものですかな、良い匂いだ」

「イグサと言うのよ、ユスチン」

「へえ、フローチェ親方は博識だな」

そう言いながら、クリフトン卿はファラリスの雪駄を脱がすわ。

意外に世話好きなのよね、彼は。

さて、支度といっても、王都に入る時からマワシドレス姿だから、別になんの準備も無いわね。

ジョナス王子や、ヤロミーラ、エアハルトは西の支度部屋で支度をしているのかしら。

というか、お城を国技館に改造された時点で、彼らの負けは確定しているのでは無いかしら。

これ以上は鉄拳制裁みたいになって、少しいやだわね。

と、思っていたら、どやどやと、花道の方からジョナス王子たちが現れて、東の支度部屋に入ってきた。

「フローチェ！　こ、これは、僕たちからの最後通牒だ!!」

「兄上……」

ジョナス王子が後ろにヤロミーラとエアハルトを連れてきたわね。

「ぼ、僕たちはお前たちに決闘を申し込む、ス、スモウでかまわんっ!!」

「そうですか」

どんな風の吹き回しかしら。

「しょ、勝負は三本だっ!!　二本勝ちを収めた陣営の勝ちで、勝った方はなんでも言う事を聞く、これでどうだっ！」

「どうだと言われましても、王様のご意向もありましょうし」

「誰と誰が戦うというのだ、ジョナスよ」

立行事の装束をぴしりと着たアルヴィ王陛下が廊下から来たわ。

あと、半透明の式守のおじいちゃまと、審判委員長の故元横綱も現れたわ。

「い、一番勝負は、僕とリジーだっ!!」

「王子、それはあなた……」

「年齢も体の大きさも違いすぎないか、ジョナス王子」

ユスチンとクリフトン卿が抗議した。

「黙れ黙れ黙れっ!!　王権をかけての勝負だ、逃げはしないよな、リジー」

リジー王子は立ち上がって、ジョナス王子をにらみつけた。

「いいよ、兄上、ねじ曲がった兄上なんかに土俵の上で僕は負けない」

ジョナス王子は、引っかかったなという卑しい笑いを浮かべた。

そうね、ジョナス王子は、リジー王子がこの旅の中で、どれだけ強くなったか知らないのだわ。

「解りました、一番勝負はそれでかまわないわ、二番目は、まさかヤロミーラ?」

「そ、そうよ、あんたができる相撲なら、私もできるわっ!」

「あなた、前世で相撲の経験なんか無いでしょ?」

「え?」

「駄女神が白状してたわよ、馬鹿を転生させて酷い目にあったって」

「え、ええっ?」

「前世はゲームオタクかなんかでしょ、相撲できるの?」

「え、なんで、フローチェ、なんで?」

ヤロミーラはいぶかしげな表情で私に問いかけた。

血の巡りの悪い女ね。

「私が転生者だって可能性に気がつかないの?」

「えっ、ええええっ!!　そ、そんなのずるいわよ、私がこのゲームの主人公なのよっ!!」

「馬鹿じゃないの、ここはゲームの世界かもしれないけど、みんなちゃんと生きてるのよ。データじゃないのよ」

「き、汚いわっ!!　わ、割り込んで来てっ!!　私の幸せを無茶苦茶にしてっ!!」

「あんたが勝手に自滅してるんじゃないの、知らないわよ」

きぃいいいっ！　と超音波を発してヤロミーラは地団駄を踏んだ。

リアルで地団駄を踏む人を見るのは初めてだわ。

「何時まで訳のわからん会話をしておるのだ。二番勝負はどうする？」

「あ、俺、俺、俺やりたーいっ！」

ファラリスが立候補した。

「あ、子供っ!!　いいわ、あなたと相撲するわっ!!」

「よーし、負けないぞ～～っ!!」

「可愛いわねっ、お姉さんと勝負よっ」

……。

「ヤロミーラ、本当にファラリスとやっていいのね」

「もちろんよっ！」

フローチェ部屋のみんなは全員半眼になって、あーあという顔をした。

まあ、本人が良いならいいでしょう。

エアハルトがファラリスを見て、ぎょっとした顔をしたが、別に抗議はしなかった。

「三番勝負は、私と、フローチェ嬢だ、問題は無いね」

「かまわないわ、結びの一番ね」

三番勝負か。

一番も落としたくないわね。


カンカカンカンと拍子木が鳴って、土俵上でアデ吉が呼び出しを始めた。

「ひがあああああしぃ、リジー王子ぃ～～～。にしぃぃぃいジョナス王子ぃ～～～～～」

白扇子を開き東西を向いて力士を呼び出す。

私は砂かぶりで、半透明の親方の隣で観戦だ。

フローチェ部屋の皆も砂かぶりで見ている。

対面には、ヤロミーラとエアハルトが座っている。

二人ともいつもの服装だ。

リジー王子とジョナス王子が土俵に上がってきた。

リジー王子は黄色いマワシをきりりと締めてとてもかっこいい。

もちろん裸足で素手だ。

対するジョナス王子はというと……。

まず、ブーツを履いたまま土俵に上がってきた。

まあ、これは乙女ゲームのキャラだからしかたが無い所もあるだろう。

どうやら、主要キャラは服装が変えられないようだから。

問題はその服装だ、乗馬服の格好で、上着で完全にベルトを隠している。

そして、右手に木剣をさげていた。

「ジョナス王子！　手に持っている物はなんだっ！」

「ふふん、武器を持ち込んでもかまわないのだろう、クリフトン卿」

「それは、そうだがっ、あんた、弟をそれで殴るつもりか？」

「私は負ける訳にはいかないのだよっ！　手段を選んではいられぬ、文句があれば棄権して、私に勝ちを譲ればよいのだっ！」

リジー王子は黙って塩をまいた。

「クリフトン、かまわない、木剣を使いたいなら使えばいいさ」

「し、しかし王子！」

「僕はかまわない、誰の挑戦でも受ける、それがフローチェ部屋の教えだよ」

そう言ってリジー王子は四股を踏んだ。

偉いわ、リジー王子。

大丈夫、ファラリスをいなせるぐらいの相撲力があるのだから、大丈夫よ。

行司さんは王様ではなくて、半透明の人。

二人とも番付に名前が無いから、序の口格行司ね。

『みあってみあって』

王子二人は土俵の上でにらみ合った。

リジー王子は腰を低く構え、ジョナス王子は普通に立ち、木剣を片手で構えている。

『ジョナス関、武器はかまわないが、片手なりとも、この線の所で土俵に拳を付けなさい。そうしないと相撲が始まらないのです』

「ふん、子供の遊びに大仰な事だな、わかった」

『時間いっぱい』

呼吸が合い二人の拳が地面に付いて、同じタイミングで立ち上がった。

『はっきょいっ!! のこったっ!!』

リジー王子が弾丸のようにジョナス王子の懐に飛び込んでいく。

「え、なっ?」

ドーンと二人が激突する音がした。

ジョナス王子は木剣を使うタイミングを外して、目を見開いていた。

リジー王子ががっちりジョナス王子の上着をつかみ、密接して押す。

押す。

「ぐわああ、は、離せっ! リジーッ!!」

「兄上っ！　目を覚ましてくださいっ！」

ぐいぐいと更に押していく。

重心が高くなっていたジョナス王子はそれを止める事ができない。

手に持った木剣でリジー王子の背中をパシパシ叩くが、手首のスナップだけの振りではなんの効果も無い。

「兄上は僕の憧れだった、ずっとずっと尊敬していたっ！　勉強もできて、優しい、そんな兄上が僕の誇りだったっ!!　どうしてっ！　どうしてっ！」

ジョナス王子の顔が歪んだ。

「僕だって、僕だってなあっ!!　リジーお前が好きだったたっ！　可愛い弟だと思ってたっ!!　お前が王位に就くなら、僕は、僕は補佐でも良かったんだっ!!」

「じゃあ、なぜっ!!　どうしてこんな事をっ!!　ヤロミーラに騙されたのですかっ!!」

「違うっ!!　ヤロミーラのせいじゃ、ないんだっ!!　違うんだ……」

リジー王子はぐいぐいとジョナス王子の体を押していく。

もうすぐ土俵際だ。

「違うんだ、彼女のせいじゃないんだ。僕はリジーが、うらやましかったたっ、明るく朗らかに笑うお前が妬ましかった。母親が違うだけで何もかも手に入れられるお前が、僕のように頑張って勉強しなくても、行政の仕事を覚えてあくせく働かなくても良いお前がっ！　うらやましかったんだっ!!」

「兄上っ！　兄上っ！　どうして、どうして、言ってくれなかったんですかっ!!　僕は兄上と笑い合える日常のためなら、王位なんかっ!!　いらなかったのにっ!!」

ジョナス王子の目に涙が光る。

リジー王子の目にも涙が浮かぶ。

どうして、こんな仲の良い二人が引き裂かれなければならないのか。

どうして。

「そんな事は言えない、王族として、僕は、そんな事を考えてはいけない身分だった。だから、余計、リジーが憎くて、でも苦しくてっ!!」

「馬鹿だっ!!　兄上は大馬鹿野郎だっ!!」

ジョナス王子の足が徳俵に掛かった。

瞬間、上着をつかんでいたリジー王子の手が緩んだ。

ジョナス王子は木剣を手放し、重心を下げた。

じわり、と、リジー王子は押し返される。

「苦しんでいた時に現れたのが彼女だっ、彼女は僕に言った、自分の思うがまま、ありのままの自分でいいんだと、汚くて醜い僕も僕の内だって、言ってくれたっ!!」

「あの女の戯言(たわごと)ではないですかっ!!」

ジョナス王子が上手にマワシを取った、じわじわとリジー王子は押されていく。

「野望を叶えていいんだって、そう、思った。その時邪魔だったのは、リジーお前だ。だから僕は、僕であるために、自分の人生のために、弟を、愛する弟を生け贄に捧げ、王位を取る決意をしたっ!!」

「そんな決意はまがい物ですっ!!　目を覚ましてっ!!」

「王位のためだっ！　僕とヤロミーラの人生のためだっ!!　僕は間違っていないっ!!」

リジー王子が憤然と顔を上げた。

「間違っているっ!!　兄上っ!!　あなたは間違っているっ!!」

パアン。

リジー王子の張り手が飛んだ。

「誰かを犠牲にした人生になんの価値があるんですかっ!!　罪も無いフローチェを犠牲にして、僕を犠牲にして、あなたは幸せなのかっ!!　目を覚ましなさいっ!!　兄上!!」

パンパンパンパーン。

素早い張り手が、ジョナス王子の頬に、胸板に、顔面に飛んだ。

「ぐはっ!!　お前に僕の何が解るのかーっ!!」

「解りませんっ!!　卑劣な行動の上に築いた幸せなぞ!!　解りたくもないっ!!」

私はたまらなくなって立ち上がった。

「リジー王子っ!!　頑張れーっ!!」


その瞬間。

私には見えた。

リジー王子の胸の奥に輝く、相撲魂が。

小さい、だが、たしかにある。

「僕は、兄上を叱責するっ!!　あなたの卑怯!　あなたの蒙昧!!　あなたの姑息を憎み!!　僕のスモウで叩き潰すっ!!　そして優しくて明るい兄上を取り戻すっ!!!」

「ぐわあああっ!」

涙を流すジョナス王子の腋に手をくぐらせ、リジー王子は掬い投げで彼を投げ飛ばした。

轟と、たしかに一陣の風が吹き、ジョナス王子は土俵に叩きつけられた。


ズダーーン!!


素晴らしい掬い投げよ。

リジー王子!

油断の無い立ち姿も凛々しいわ。

はぁどすこいどすこい。

土俵に転がったジョナス王子は泣いていた。

「僕は負けたのか……」

「兄上の負けです」

彼は手で顔を覆った。

「いつのまにか……、こんなに強くなって、いたのだな……」

「フローチェのおかげです……」

「すまなかった、リジー……」

そして、ジョナス王子は肩を震わせて、泣いた。

『**リジー王子**ぃ～～～～ッ』

軍配が東方に上がった。

観客席が爆発したように歓声が上がる。

まずは一番。

帰って来たリジー王子の涙の跡をハンカチで拭いてあげる。

「立派でしたわよ、リジー王子」

「兄上に、僕の気持ちは伝わったかな？」

「ええ、きっと伝わりましたよ、ほら、あんなに落ち込んでますわ」

対岸の砂かぶり席で、がっくりとしたジョナス王子をヤロミーラが慰めている。

これで目を覚まして、元のジョナス王子に戻れば良いのだけれど。

ドミトリー氏とアデ吉が土俵に上がり、箒で土をならす。

カンカカンカンと拍子木が鳴る。

「よっしゃ、俺の出番だなっ」

「ファラリス、頑張るのよ」

「おうっ、任せとけっ、フローチェ」

ファラリスが立ち上がった。

またアデ吉が土俵に立ち白扇を開いた。

「ひがぁあしぃい〜〜〜、ファラリスゥ〜〜〜、ファラリスゥ〜〜〜、にぃしぃい〜〜〜、ヤロミ〜ラァ〜〜〜、ヤロミ〜ラァ〜〜〜」

ファラリスが土俵に上がった。

続けてヤロミーラが土俵に上がってくる。

「あれ、あいつ、マワシしてないぞ」

「マワシなんかしないわよっ!!」

「棒持ってる」

「武器はありなんでしょっ！」

ヤロミーラはあろうことか、魔導具の杖を持っている。

半透明の行司さんが渋い顔をした。

行司さんの格は、ちょっと上がっているわね。

『**飛び道具はさすがに**』

「魔法使いの表道具よっ!!　いいじゃないっ!!」

審判委員長の半透明の親方と半透明の行司さんが相談を始めた。

暇になったファラリスは四股を踏んだり、ユスチン氏から力水を貰ったりしている。

『**ファラリス関はどう思うね**』

「んー、どっちでもいいぜ、別に効かないし」

『**解った、特例で、一回だけ許可しよう**』

「ふふん、あたりまえねっ」

ヤロミーラは片頬で笑いながら杖を振り回した。

火炎か、氷の術か?

魔導具に付与された術がなんなのか解らない。

「早くやろうぜっ」

「ふふっ、ぼく、ごめんねっ、勝つのは私よっ」

『**みあってみあって**』

ファラリスには稽古を二日つけただけだけど良い感じに相撲になっているわね。

ヤロミーラは腰高で、杖を抱えているわね。

二人はにらみ合った。

『みあってみあって』

ほぼ同時に二人は仕切り線に拳を付けた。

『はっきょいっ!!』


「くらえっ、サンダーストーム!!」


ヤロミーラが杖をファラリスに向けると、先から轟音と共に稲妻が出て、ファラリスを襲った。

まさか、軍用になるほどの中級魔法を封じた杖だなんてっ!!

ファラリス、あぶないっ!!

と、思ったが、ファラリス本人には効いてないようだ。

「?.?.?.」

バリバリと体をかけめぐる稲妻を見て、不思議そうな顔をしている。

「な、なんで死なないのよっ、十万ボルトの電流なのよっ!! おかしいわよ、あんたっ」

「なんだよ、これ?」

「電撃攻撃よっ!! 秘策中の秘策なのよっ!! 軍隊級の魔術を出せる杖なんかっ、滅多に無いんだからっ!!」

「くすぐったい」

ファラリスは羽虫を捕まえるような動作をした。

その片手にはバリバリとうごめく雷があった。

彼が、ぎゅっと握り潰すと雷は消滅した。

「な、何よ、あんた、ふ、普通の人間じゃないわね」

「そうだよ」

「な、何者なのっ!!　ひ、卑怯よっ!!」

「ドラゴンだけど？」

「ひいいいいいいいっっ!!」

ヤロミーラの絹を裂くような悲鳴が鳴り響いた。

というか、自業自得がこれほど似合う状況も無いだろう。

ファラリスが一歩進んだ。

「なあ、あんた、弱いな」

「こ、こないでっ、こないでっ！」

「もの凄く弱いな」

「きいいっ!!　また騙したわねっ!!　フローチェッ!!　わ、私が、こんな怪物を選ぶだろうと思ってっ!!　お膳立てをしたわねっ!!」

ヤロミーラはこちらを向いて怒鳴ってきた。

フローチェ部屋の全員が、顔の前で、無い無い、と手を振った。

もう、勝負を捨てて、逃げようとヤロミーラが土俵の外に出ようとした時、ファラリスが動いた。

神速の動きで間合いを詰めて、突き押し。

ヤロミーラのお腹にファラリスの平手が入って、彼女はぐぼっという顔をした。

そのまま回転しながら土俵を割り、花道をきりもみしながら飛んで行って、壁にぶつかり、何回か反射して地面に叩きつけられた。

じ、自動車事故の酷い奴の動画みたいに吹っ飛んでいったわね。

生きてるかしらヤロミーラ。

あ、微妙に動いてる。

さすが頑丈ね。


『ファラリスゥ〜〜〜〜』


軍配が東に上がった。

「あんまおもしろくない、やっぱフローチェかリジーとやりたい」

「また、明日、一緒に稽古をしましょうファラリス」

「ん、わかった」

ファラリスは笑った。

リジー王子がタオルでファラリスの汗を拭いてあげていた。
はあ、尊い。
はぁどすこいどすこい。
土俵を、呼び出しの人が掃き清めていく。
対岸のエアハルトと目が合った。
薄く笑っている。
三番勝負の二番は取った。
もう、エアハルトと相撲を取る意味は無い。
粛々とジョナス王子陣営を断罪すれば良い。
だが、それでは私の気が晴れない。
私の心の奥の相撲魂（スピリッツ）がささやくのだ。
アリアカ国番付西の横綱、エアハルトを討てと。
結びの一番が、刻一刻と近づいてくる。

「ひがあああしい、フローチェェ〜〜〜、フローチェェ〜〜〜、にぃしぃ〜〜〜、エアハルトォオ〜〜〜、エアハルトォォ〜〜〜〜」

アデ吉が呼び出しをかけた。

私は土俵に上がる。

エアハルトも上がってきた、
彼は鎧を着て、二本のナイフを腰に差して、ニヤニヤと笑う。

「武器の持ち込みは良いのだろう」

「かまわないわ」

私は塩を取って土俵にまいた。

「三番勝負を挑んだのは、君を確実にここで殺すためだ」

「そう」

「今のこの国のかなめはフローチェ、君だ。君さえ殺せば、この国を滅ぼすのはたやすい」

「へえ」

私は四股を踏んだ。

「格闘技なぞ、ナイフに掛かれば一瞬だ。どれほどのデバフが掛かろうとね」

私は返事をしない。

手を広げ、四股を踏む。

エアハルトは舌打ちをした。

「死ぬ事が怖くないのかっ！　君はっ！」

「勝負の結果なら怖くないわよ」

「馬鹿なっ！　やせ我慢をするなっ！　そんな奴がいる訳がないっ」

なに怒ってるのかしらね。

「死んだら終わりだろう、君の将来の幸せも、そこで終わるのだぞっ」

「私が死んでも、誰かが私の思いをついでくれるわよ」

「そんな事をして、何になる、自分の幸せを捨てて、誰かの幸せを祈る人間がいる訳がない、君は嘘つきだ」

「嘘つきはあなたでしょう？　自分だけの幸せを追求しているように見せてるけど、違うでしょ。お父さんに認められたいだけのくせに」

エアハルトは息をのんで一歩下がった。

「何を言ってる、ち、父は死んだ」

「本物のお父さんの事よ、魔王様ね」

彼は目を見開いてこちらを見た。

ああ、でも、誰かに認められたいというのは、自分の幸せの追求でもあるか。

でも、ヤロミーラの自分だけ良ければいいというのとは、ちょっと違うかもね。

エアハルトルートのテーマは『高慢』であるのよね。

魔王と人間の間に生まれた彼は高スペックでなんでもできた。

勉強も、戦いも、素晴らしい成果を見せた。

彼は他人を見下していた。

自分が簡単にできる事が他人にはできない。

そんな経験を経てエアハルトは思い上がった。

心の底に王国への侮りが生まれ、国を落とし、父である魔王に献上しようとしたのだ。

その彼を変えたのが、原作ゲームの聖女ヤロミーラだった。

彼女は、エアハルトに彼が決して勝てない価値観を示した。

それは、愛、だった。

エアハルトは愛には勝てなかった。

原作ヤロミーラの献身的な行動に魂が縛り付けられ、彼は屈服し、永遠の愛を誓った。

私は愛の力でエアハルトを屈服させる事はできない。

だから、私が使うのは、力、だ。

圧倒的な力で、彼の心を折る！

それが私のやり方だ。


「どこまで知っている、貴様、転生者か」

「そうよ、馬鹿の後始末のために転生したみたい。でも、たぶん、これが本当の私だわ」

「武器も無く、ただ殺されるために児戯を行う、それが本当のおまえかっ！」

「そうよ、素手で、相撲で、あなたと戦うわ。それが私の誇りよ」

私はエアハルトを指さした。

「今回は相撲に掛かる付与魔法も使わないわ、あなたみたいな弱虫相手には相撲本体で十分よ」

「なん、だと……」

　エアハルトの顔が歪んだ。

「私のどこが弱虫だと言うのだっ！　答えろフローチェ!!」

　私は片頬で笑った。

「素手の女相手に、甲冑を着て、刃物を二本も使う。その姿が怯懦（きょうだ）でなくてなんなの。そこまでしないと、勝てないと解って恐れているのよ」

「貴様あっ……」

　怒りの表情をエアハルトは浮かべる。

　私はさらに笑う。

「お父様は褒めてくださるわ、魔王は卑怯な事がお好きなのでしょう。素手の娘をナイフで切り刻むような息子を持って誇らしく思う事でしょうね」

「ふ、ふざけるなっ!!　父は、我が父は悪名は高いが、誇り高い方だっ!!　そんな事を喜ぶ……、訳が……」

　エアハルトは気がついた。

　ここで私を倒し、国を献上する時、誇りを持って魔王様の前に立てるかどうかを。

「あなたは嘘ばかり、体面ばかり気にして、裸になる事もできない。幼稚で怯懦（きょうだ）な男なのよ」

「だまれ、勝てばよかろうなのだ、負けては、全てが無くなる……」

「負けるのが怖いの？　あなたは、魔族だとみんなに知られて、排斥されるのが怖いの？」

「俺は、俺は……」

私は声を張り上げた。

「あなたはヤロミーラと同じよ、自分の事ばかり考えて、嘘ばかり、卑劣な行為も自分のためならやれるわ、そんな誇りを持てない男に、私が負ける訳がないじゃないっ!!」

エアハルトは苦悩している。

脂汗をかいて、呼吸が荒い。

「俺は、あいつとは違う、俺には誇りがある……」

「では、甲冑を脱ぎなさい」

「だが……」

「魔族とばれるのが怖いの？　あなたはお母様と魔王の愛が間違っていたと、そう言いたいのっ!!」

「母は間違っていないっ!!　父もだっ!!　母はいつも、俺の養父に殴られていた、不義をののしられていた、でも、それでも俺を愛してくれてっ!!」

「そんなのは知らないわ、自分で勝手に悩みなさいよ、さあ、勝負が始まるわよ」

エアハルトは大きく息を吐いた。

「わかった、俺が間違っていた。すまない。誇りは大事だ。俺は勝負を汚すような真似をした」

そう言うと、彼はナイフを投げ捨て、甲冑を脱いで全裸になった。

均整の取れた美しい肉体だった。

だが。

その左肩から腕の先まで、真っ青な鱗が生えていた。

両足も鱗があり、足先にはとがった爪が生えている。

……。

ああ。

そういえば、イベントで、ヤロミーラに魔族と告白するシーンのために、エアハルトだけ全裸スチルがあるんだったわ。

だからフォーマルな場所でも服を脱げるのね。

「魔族、魔族だっ、エアハルト近衛騎士団長は魔族だったのだーっ!!」

「なんという嘘つきなんだ、あいつのせいで、ジョナス王子は道を間違ったんだっ!!」

「魔族!!　汚らわしい魔族だあっ!!」

観客席から罵声が飛んだ。

お土産セットに付いているビール缶や冷凍ミカンなどが土俵に投げ込まれた。

「馬鹿もんっ!!　神聖な勝負の場所に何をするかっ!!」

立行司姿のアルヴィ王の大喝が飛び、観客席の騒ぎは収まった。

アデ吉が投げ込まれた缶やミカンを掃除する。

空中から、黒いマワシがゆっくり降りてきて、エアハルトの手元に収まった。

「ユスチン、クリフトン、廻しを締めるのを手伝ってあげなさい」

「おうっ」

「解りました、親方」

二人が黙ってエアハルトに廻しを締める。

その間に、懸賞旗を持った呼び出しさんたちが土俵の回りを回る。

沢山懸賞が付いたわね、五十本はあるわ。

「さあ、相撲を始めましょう」

「解った、なんだか……、迷いが吹っ切れた感じがする」

「頑張ってください、エアハルトさん」

「親方は強いから、胸を借りる感じでさ」

激励をしたユスチンとクリフトンを、エアハルトは信じられない物を見る表情で眺めた。

「俺たちは敵同士だぞ……」

「スモウはそういうもんじゃねえよっ」

「すぐ、解りますよ、あなたにも」

二人は笑って土俵を下りた。

立行司の王様が土俵中央に立つ。

「番数も取り進みましたるところ、かたやフローチェ、フローチェ、こなたエアハルト、エアハルト、この相撲結びの一番にて、千秋楽にござりまする〜」

王様も良い声ね。

エアハルトと向かい合う。

にらみ合い、お互いの気を高めていく。

呼吸が合わない。

離れて、塩をまき、屈伸をする。

また、二人でにらみ合う。

「みあって、みあってー」

呼吸が合った。

とんとお互い地面に拳を付ける。

「はっきょいっ!!」

アリアカ場所、結びの一番が始まった。


エアハルトと私は激突した。

ドッカーーン!!

重心の高かったエアハルトは私に押し出される。

「ぐうっ！　まさかっ！　これほどっ！」

押す、押す、押す、更に押す。

がっしりともろ差しでエアハルトを土俵際に向けてどんどん押していく。

「ぐうっ！」

エアハルトはたまらず腰を落とし、重心を下げる。

その瞬間を見逃さず、足を掛ける。

「やったっ！　親方！」

「瞬殺！」

だが、アリアカ国番付で横綱の男の才能は伊達ではない。

掛けた足をするりとかわし私の突進を止める。

なんという粘り腰かっ！

「……正直舐めていた、児戯かと思ったが……」

動きが巧みだな、さすがは近衛騎士団団長、格闘技にも精通している。

ユスチン氏と似た動きをするな。

エアハルトは私の腕の上から廻しを取る。

筋力も高い。

土俵の上でお互いの動きが止まる。

「これは戦いながら覚えさせて貰おう」

「やってみなさい」

相撲魂（スピリッツ）を高速回転させる。

腕力を上げて、エアハルトをじりじりと押していく。

エアハルトが力を入れて押しを止める。
その止めた力を使い引いて、回転をかけてエアハルトの体勢を崩す。
「押し、引きっ！　かっ！」
彼の反射は早い、押しを一瞬でやめ、腰を落として力を吸収する。
引きを止めたなら、押しだ。
押し込んでいくと、エアハルトは慌てて対応する。
「ぐっくっ！」
さすがはエアハルト、高速の押し引きも冷静に対処して踏みとどまる。
「のこった、のこった！」
王様の行司も堂に入ってるわね。
短時間で凄いわ。
エアハルトが押してくる。
私が引いてさばく。
足を掛けて体勢を崩さんとする。
これは相撲の技じゃなくて、格闘技ね。
よくこなれた掛け技だわ。
すかして、今度は私が彼の体勢を崩し、内股すくいを掛ける。
その一瞬でエアハルトが私の廻しを取り、引きつけて技を崩す。

がっぷり四つの形になったわ。

やるわね。

「思ったより、はぁはぁ、ずっと高度な駆け引きだ……」

「まだまだよ、新人力士さん」

がっぷり四つから、右に崩して上手投げを狙う。

エアハルトの体が崩れるが、彼は土俵際で俵を使って持ちこたえる。

「のこった、のこった!!」

腰の粘りと下半身のバネが凄いわね。

ユスチン氏だったら、今ので投げていたわ。

重心を下げ、腰を回し、エアハルトは持ち直した。

なかなかの強敵ね。

覚えが凄く早いわ。

「はぁはぁ、これは……、凄く……」

相撲中に喋るのは悪手よ。

エアハルトの胸に頭を付ける。

彼の差し手を抱えこみ、全身を使って、ねじる!

これが、頭捻り(ずぶねり)よっ!

ねじりの途中で、これは危ないと踏んだのか、エアハルトは差し手に力を入れてねじれを止めた。

なんという金剛力か！

ねじれの力の方向をつかんで、足を差し込んでくる。

判断力も良い。

ねじりを解いて離れる。

凄いわ、さすがはアリアカ国番付横綱ね。

組み合いがとけてしまった。

「のこった、のこった」

エアハルトが組み合おうと手を伸ばしてくる。

それを手でいなして、すり足で横へ移動する。

接近して、彼の廻しを取る。

彼も私の廻しを取って、再びがっぷり四つ。

「昔はね、ダンスパーティで女の子と踊るのが嬉しかった、わくわくした」

相撲中に何を言い出すのかしら、このチャラ男は。

「今は、君と組み合ってスモウをするのが、あの頃みたいにわくわくするねっ！」

「まあ、いやな人ね」

相撲はダンスではないわよ。

もっともっと、凄い物なのよっ！

はぁどすこいどすこい!!

エアハルトは笑顔を浮かべていた。

土俵に上がる前に見せていたニヤニヤした暗い笑いではない。

全てを吹っ切ったような、そんな良い笑顔だ。

笑顔はいい。

相撲は皆を笑顔にする武道だ。

裸一貫で、武器を持たず、鍛え上げた技と、鍛え抜いた肉体と、磨き上げた精神で戦う神事だ。

相撲の魂を得た人間は、土俵でもバフを得る。

エアハルトの力が上がる。

技が速くなる。

動きが洗練されていく。

もの凄い強敵だ。

だが、それでいい。

思惑も、悩みも、陰謀も、土俵の上では溶けて消える。

裸の人間と人間がぶつかり合い、汗を流し死力を尽くして戦い合う。

それが相撲なのだから。

「行くぞっ！　フローチェ!!」

「来いっ！　エアハルトッ!!」

技と技の応酬が始まる。

エアハルトは覚えた格闘技の技を相撲に変換して掛けてくる。

私は、練習した相撲の伝統の技の全てをぶつける。

「フローチェ!!　フローチェ!!」

「エ、エアハルトさまー!!　が、頑張れーっ!!」

声援が飛ぶ。

エアハルトへの声援も、最初はおずおずと、そして力を増して掛かっていく。

皆が食い入るように大一番に燃え上がっている。

「なんという楽しさだ、なんという武道なのだっ」

「相撲は全ての人を笑顔にするわっ！」

「ああ、スモウ、私はなんと人生を損していたのだっ、もっと早くこの武道に出会っていたら」

「人生に手遅れなんかないわっ！　これから相撲道に精進すればいいじゃないっ!!」

「ああ、そうか、ああ、そうなのか、これがスモウの境地か」

すっかりエアハルトも相撲が気に入ったようね。

「フローチェ、私の全ての力でぶつかるべきだろうか」

「相撲に出し惜しみなぞ無用！　全ての力を使って来なさいっ!!　魔族の力でも、魔王の血でも、なんでも受け止めてあげるわっ!!」

エアハルトは笑いながら、涙を一粒こぼした。

「ああ、なんという、なんという女なんだ、君は、では、使わせて貰おうっ」

エアハルトの体がぼこりと膨れた。

体中に鱗が生えた。

角が額から伸びた。

両手に鋭い爪が生える。

背が二倍近くに伸び、筋骨隆々の悪魔がそこにはいた。

それは人とは異なる形でありながら、均整が取れて美しいとも言える姿だった。

「悪魔でもなんでも掛かってきなさいっ!!　私は付与魔法無しであなたを叩きのめすっ!!　上には上がいるって思い知らせてやるわっ!!」

「イクゾ、フローチェ!!」

魔人化したエアハルトが突進してきた。

私も突進した。

土俵の真ん中で私たちは激突する。

「のこったのこった!!」

王様の緊迫した声が国技館に響き渡る。

巨軀（きょく）のエアハルトと激突した。

ガッシーン!!

車と激突したかのような衝撃！
そして、私は競り負ける。
ずりっ！　と、ハイヒールの足下が滑り下がる。
魔人化したエアハルトの突進力は凄い。
ファラリスよりも力が強く。
そして、かの竜よりも技術がある。
相撲魂（スピリッツ）の回転を上げエアハルトの突進を止める。
最大限に回しても、じりじりと押される。
彼の廻しを取る。
彼も私の廻しを取る。
がっぷり四つだ。
強い。
人とは異質の強さだ。
筋力の底が計り知れず、体重も重い。
圧倒的に私が不利だ。
そう思うと片頰に笑いが浮かぶ。

そうでなくては。
そうでなくては。
相撲は、こうでなくっちゃねっ!

私は満面の笑みを浮かべてエアハルトの突進を必死で押しとどめる。
ガリリとエアハルトの爪で廻しの近くの肉が削られて激痛が走る。

かまわない。
かまわない。

爪が生えている、トゲが生えている、そんな存在でも相撲で倒す。
問題は無い。
だが、押される。
もの凄い力だ。
突進をねじり、体勢を崩す。
足を掛けて、転がそうとする。
重心が低い。
理想的な腰の落とし方だ。

反応速度も相当上がっている。
魔族と人は、存在として、生き物の格のような物が違う。
魔族は寿命が長く、単体の戦闘力が高い。
その分、子供が生まれる確率が低く、人口が増えにくい。
人類の強敵だ。
だが、そんな事は、どうでもいいことだ。
エアハルトの前に出る力は、暴走する列車のような凶暴な圧力だ。
なんとしても止める。
が。
無情にハイヒールはずるずると滑り、押し込まれていく。
ごつっ。
無慈悲な感触がハイヒールのかかとに掛かる。
徳俵だ。
土俵際まで追い込まれた。
「アトガナイゾ、フローチェ」
「まだまだーっ！」
「のこった、のこった!!」
魔人エアハルトは教科書通りの押し相撲だ。

体格や体重からすると、それが一番効率が良いと導き出したようだ。
私の背骨を折らんばかりに、ぐいぐいと押してくる。
土俵際で、私は相撲魂（スピリッツ）を高速回転させてそれを防ぐ。
もの凄い力だ。
もの凄いピンチ。
体の筋肉がみしみしと悲鳴を上げている。
息が上がり始める。
少しでも相撲魂（スピリッツ）の回転を落とせば押し切られてしまう。
負けてしまうのか。
このまま、人の限界にはあらがえないのか。
いや、違う。
私の信じる相撲はこんな物ではない。
もっともっと凄い物だ。
私の稽古が足りなかったのか。
乙女ゲーム補正で、体重も筋肉もつかなかった。
それらは大変な欠点だ。
体も小さい。
魔人エアハルトと組み合うと、幼女と巨漢の相撲のようであろう。

だが。

負けてはいない。

まだ。

負けてはいない。


「フローチェ、がんばって～～!!」

愛するリジー王子の応援の声が響いた。

「フローチェ親方！　負けたら承知しねえぞっ!!」

「親方っ！　あなたならやれますっ!!」

ユスチン氏とクリフトン卿の声が響き渡る。

「フローチェ親方!!」

「フローチェッ、がんばれ～っ!!」

マウリリオ元将軍とファラリスの声援が聞こえる。

「「「フローチェ！　フローチェ!!　フローチェ!!」」」

近衛力士隊の声援が、国技館にいる軍人、騎士、メイド、下働きの声援が響き渡る。

そうだ！

人である事の強みは、人と人の絆にある。

友愛と尊敬と愛情が、人の繋がりの強さだ。

リジー王子の小さな相撲魂（スピリッツ）を感じる。

ユスチン氏の、クリフトン卿の、マウリリオ元将軍の、ファラリスの、相撲魂（スピリッツ）を感じる。

近衛力士隊、軍人、騎士、メイド、下働きの微かな相撲魂（スピリッツ）も感じる。

その、皆の相撲魂（スピリッツ）が一つに繋がった時。

私の相撲魂（スピリッツ）が黄金色に輝き、高速回転を始めた。

「おおおおおおおおおおっ!!」

「グヌッ!!」

「見よ!!　エアハルト、これが人間の相撲魂（スピリッツ）だっ！！！」

相撲魂（スピリッツ）は黄金色に輝き超高速回転（オーバードライブ）を始める。

無限の力を私の腕に、腰に、足に送ってくれる。

「ああっ、フローチェがっ！」

「親方が光り輝いているっ!!」

「神技！　スモウの神技だっ!!」

押す、押す、押して押して押していく。

エアハルトは必死になって押しとどめようとしているが、かなわない。

彼を土俵の真ん中まで押し返す。

力が溢れる。

「グヌヌッ！　セイナル！　聖なる光かっ！　私の魔族の部分が焼かれる!!」

「エアハルト、その姿の方が、あなたは漢前よ！」

「魔人化を解いたというのか、なんというスモウの奇跡かっ!!」

「これが相撲の力よっ!!」


幼なじみのみっちゃんの声が脳裏に流れる。

『もしも、この技が出来たら天下無双よね〜』

がしりとエアハルトの廻しを自分の体に叩きつけるように引きつけた。

エアハルトの目が見開かれた。

雷のような速度で、私の膝をエアハルトの内股に差し込む。

付与魔法は発生させない。

魔法に使われる相撲力(ちから)を速度と技の切れに変換する。

雷はその動作速度の象徴だ。

前世でみっちゃんと夢見た理想の技。

膝にエアハルトを乗せるように引きつける。

「くそっ！　なんだ、なんの技だっ！」

ギリギリとひねる力を腰から上半身に流し込む。

エアハルトの体を雷のような速度で振り回した。

「落雷櫓（サンダーやぐら）投げ、改!!」

落雷の勢いでエアハルトを土俵に叩きつけた。

ドカーン！

エアハルトは一度跳ねて転がり、土俵から落ちていった。
国技館が一瞬静寂に包まれた。

「フローチェ〜〜！」

アルヴィ王が軍配を東に上げた。
わあっ！　と、観客席が爆発し、無数の座布団が舞い上がった。
座布団が夢のように舞い踊る中、私は勝ち名乗りを受けていた。
アリアカ国番付の横綱に私は勝ったのだわ。

嵐のような歓声の中で、私は勝利の実感に浸っていた。

『表彰式に先立ちまして、土俵に向けて国歌斉唱を行います、皆様ご起立おねがいします』

国技館にいる全員が立ち上がった。

皆、土俵の上を見る。

国歌の荘厳な前奏が始まり、私たちは歌いだす。

「「「暁の大陸平原に命を受けて、走り戦い祖国を守る～♪」」」

「「「国境の砦に友の血が流れ、隣の者が倒れても～♪」」」

「「「我らは侵略者には屈しない、栄光の国土を守るのだ～♪」」」

「「「ああ～豊穣の大地アリアカ、我が祖国～～～♪」」」

皆さん直立不動で朗々(ろうろう)と国歌を斉唱するわ。

ジョナス王子も、エアハルトも歌っているけど、ヤロミーラはふくれっ面でそっぽを向いているわね。

呼び出しの人たちが土俵に優勝カップを持って上がる。

紺のクロスを掛けたテーブルの上に設置したわ。

アデ吉が私を呼ぶので、土俵に上がる。

表彰してくれるのは、いつもの故元横綱の親方だ。

『表彰状！　あなたは七月十日、アリアカ王城場所で素晴らしい成績を残しましたので、ここに表彰します！』

元横綱に頭を下げて、表彰状を受け取る。

なんだか特別な感じがするのは、卒業記念ダンスパーティーからの一連の大暴れが、時間的に一つの場所に感じられるからだろうか。

ここが本当の千秋楽に思えるわ。

『よく頑張ったね』

元横綱の親方が優しい口調でおっしゃるので、少し涙目になってしまいましたわ。

ありがとうございます。

大きい賜杯を受け取りユスチン氏に渡す。

続々といろいろな賞が贈られていく。

お米一年分三十俵は凄いわね。

しばらく皆にお米を食べさせられるわね。

コカコーラの杯が新しく来ていて、副賞がコカコーラ一年分だそうだ。

やったわっ。

お酒一年分とか、牛一頭とか、野菜一年分とか、お醤油一年分とか、お味噌とか、沢山のカップと副賞が続く。

国技館が建ったからか、賞が増えて豪華になったわね。

拍手が国技館に響きわたった。

終わったなあ、と、実感して上を向く。

吊り屋根の裏の照明が目にしみる感じ。

カンカンカンと拍子木が鳴った。

あれ、跳ね太鼓で締めるのでは？

まあ、千秋楽には跳ね太鼓は叩かれないのだけれど。

王様とリジー王子が土俵の上に立った。

「さて、素晴らしい相撲を見たあとだが、ここで断罪の儀を行う」

厳か（おごそ）にアルヴィ王が宣言した。

「我が愚息である、ジョナスが魔法学園の卒業と同時に王家に向け謀反を企てた。王である余を聖騎士団を使い拘束し、ヴァリアン砦で軟禁しおった」

ジョナス王子、ヤロミーラ、エアハルトは土俵の下でひざまずいている。

「その上で、リジーを監禁、そして殺害を企てた、殺害の罪はフローチェ嬢になすりつけるつもりであった。誠に卑劣千万な下劣な陰謀だ、ジョナス、相違は無いか」

ジョナス王子は苦悩の色を浮かべている。

「相違ありません……」

アルヴィ王はうなずいた。

「そして、エアハルトは、その陰謀を裏で操り、アリアカ王国を手に入れ、父である魔王に献上しようとした。相違無いか」

「相違ありません」

エアハルトは平静な声で答えた。

ヤロミーラは左右をキョロキョロ見て挙動不審だ。

「王国法では、国家転覆は重罪、未遂でも死刑じゃ」

ジョナス王子とヤロミーラがグッと変な声を上げた。

二人とも、恐怖の色を浮かべている。

「じゃが、次の王であるリジー皇太子が異論があるようだ。立太子の礼はまだじゃが、次代の王の意見を聞かぬ訳にはいくまい。こやつらの裁きはリジー、お前に任せる」

「ありがとうございます。お任せください」

リジー王子が三人の前に立った。

黄色い廻し姿に、王家の毛皮のマント、銀の太子冠をかぶった王子は凛々しく、素晴らしいわ。尊い。

はぁどすこいどすこい。

「皇太子として、謀反人に裁きを言い渡す！」

ジョナス王子とヤロミーラがびくりとした。

エアハルトは動じない。

さすがね。

「ジョナス王子の王籍を剝奪し、ヤロミーラと共に北の開拓地へ十年の流罪とするっ!!」

ジョナス王子の目が見開かれた。

「リジー……、僕を、死罪にしなくて……、いいのかい?」

「兄上の命を奪う事はできません。北の開拓地で罪を償(つぐ)なって、帰ってきてください」

「リジー……、リジーっ、僕は、僕はっ」

ジョナス王子は膝を突いて泣き始めた。

「い、いやよっ!! 貧乏農場送りなんていやーっ!!」

「衛兵、黙らせろ」

アルヴィ王が衛兵に命じると、彼らはヤロミーラを棒で打ち、猿ぐつわをかけた。

哀れな。

「エアハルト、君の近衛騎士団長の職を解き、東の開拓地に十年の流罪とするっ!!」

エアハルトは頭を下げた。

「恐れながら、皇太子殿下、死を賜ります事をおねがいいたしたく」

「駄目だよ、エアハルト、君を死罪にしたら、僕は兄上も死罪にしないといけなくなる。君も十年間、開拓地で汗を流してきてくれ」

エアハルトは額を地面に付けた。

土下座だ。

「かしこまりましてございます」

「エアハルト」

私の問いかけにエアハルトは頭を上げた。

「東の開拓地に行く前に、フローチェ部屋の稽古を見ていきなさい」

「なぜ？」

「開拓地で、自分の部屋を作って相撲をしなさい、また、私と戦いたいのでしょう？」

「私は……、私は……、スモウを覚えたい……、だが良いのだろうか……」

「問題無いわ」

エアハルトの目から涙がこぼれ落ちた。

「か、かならず、かならず、君ともう一度戦おう、約束する」

「待ってるわ、エアハルト」

心を鍛えなさい、エアハルト、あなたは良い相撲取りになれるわ。

エアハルトは泣いた。

子供のように号泣した。

こうして、アリアカ場所は終わった。

不正は正され、悪は報いを受けた。

そして、私たちは明日へ向かって歩き出す。

エピローグ

締めの甚句は王都の空に溶けていく

後に、歴史家をして、その時代は大相撲時代と呼ばれたのです。

アリアカ国技館は国の象徴として公開され、年に三回本場所が行われ、国民が熱狂する行事となりました。

一万人の新弟子を誇ったフローチェ部屋は解体されました。

そして、リジー王子とファラリスが所属する、フローチェ親方のフローチェ部屋。

技量に優れた力士が多いユスチン部屋。

あまり強くはないがイケメン力士の多いクリフトン部屋。

規律溢れる力士が多いマウリリオ部屋。

と、それぞれに分かれ、所属力士が興行で相撲を競い合いました。

力溢れる力士たちの取り組みに王都の民は大興奮し、相撲ブームは瞬く間にアリアカ国を覆い、子供たちの夢は力士、という時代が訪れました。

でも、そんな黄金の時代でも不幸な人はいるものなのです。


北の開拓地を覗いてみましょう。

「もういやよ、なんで私が毎日毎日野良仕事をしなければならないの！　はっ、これは追放パターン？　無実の罪で王都を追放された聖女の私がスローライフで無双するという、黄金のパターンなのかしらっ」

すっかり金髪もくすんでしまい、手に豆を作ったヤロミーラが、相変わらずの妄言を吐き出します。

「ヤロミーラ、夢みたいな事ばかり言っていないで、手を動かすんだ、大豆の選別がまだだよ」

「あなたは悔しくないのっ、ジョナス！　私たちが農場であくせく働いている間、フローチェたちは豪華な宮殿で相撲三昧なのよっ!!」

平民のジョナスは意外にも平穏な笑顔で笑います。

「僕はなぜだか気にならないんだ。誰が王都で贅沢な暮らしをしていると聞いても心は動かない。ねえ、ヤロミーラ、僕は今の生活が意外に好きだよ。大変だけれど、なんだか生きてるなあって実感があるし、そばには愛する君もいるしね」

それを聞いて、ヤロミーラはみるみる赤くなりました。

「も、もうっ！　張り合いの無いっ、いやな人ねっ!!」

そう、悪態をつくヤロミーラをジョナスは微笑んで見つめます。

もちろん、手元では、大豆の選別を止めません。

「わ、私はあきらめないわっ！　かならず王都に返り咲いて、奴らをぎゃふんって言わせてやるんだからねっ!!」

「はいはい」

追放された二人は、なんだかんだ言っても、意外に幸せなのかもしれません。

では、東の開拓地を見てみましょう。

ここは北の開拓地よりも地味も良く少しだけ発展しています。

夕暮れの東の開拓地では一人の男が黙々とてっぽう柱にてっぽうを打っています。

隆々とした筋肉に浮かぶ汗も拭かず、魔族の血の証である鱗も隠そうともしていません。

エアハルトです。

昼の農作業のあと、彼は相撲の修行を黙々とこなします。

その甲斐があって開拓地相撲では向かう所敵がありません。

何時か彼を王都の大相撲に参加させようと、村人たちがお金を寄進しています。

自分のような罪人に、申し訳無くもありがたいと、エアハルトは感謝を込めててっぽうを打ちます。

『エアハルトさま』

夕闇の淀みの部分に、奇っ怪な目だけの魔物が現れました。

「ダブンか、何か」

『このたびは国を落とせず残念でございましたな。魔王様が魔王軍にあなたさまを呼べとおっしゃっておりました。何時までも農民の真似事をせずに、軍に来ていただけませんか?』

エアハルトは薄く笑っててっぽうを打ち続けます。

「ダブンよ、世界は広い。そして、人は強い。私はただの無知蒙昧な子供だったよ」

『卑下なさいますな。あなたさまは魔王軍の中においても四天王と匹敵するほどのお力です。お父上の魔王様の跡を継ぐとて、誰も文句は言いますまい』

「ダブンよ。私はスモウがやりたい」

『あの女力士めを見返したいのでございますか？』

「違う、そうではない、いや、そうかもしれない……。私は、フローチェを越え、自由になりたいのかもしれない」

『エアハルトさま……』

エアハルトはてっぽう柱を抱くようにして頬を寄せます。

「解らない、スモウを極めた向こうに、私の欲しい物が眠っているような、そんな感じがするんだ、だから、父の元へ行けない」

『左様ですか……』

ダブンの声は沈みます。

「私は開拓地の人たちからの恩も返さねばならない、そして近衛騎士団から私を慕って追ってきた部下たちにも報わねばならない。十年、私はここで罪を償う」

『……魔王様はがっかりなさいますぞ』

「たぶん、私は十年の後、父の元には行かない、旅に出ると思う。世界を見て、その大きさを知りたいのだ。父にそう伝えてくれないか」

ダブンは静かに涙を流しました。

『エアハルトさま、大きくおなりになりましたな』

「そうだな、私は、少し大人になれたのかもしれない」

そう言って、再びエアハルトはてっぽう柱にてっぽうを打ち始めます。

ダブンはそっと建物の陰に隠れ、去りました。


魔王城は魔族の国の中央にそびえ立っています。

その玉座に麗しき魔王は座っています。

「解った、ダブン、馬鹿息子が悪りいな」

『そんな、魔王様、エアハルトさまは素晴らしい息子さまでございますぞ』

「ずっと見ていたお前は、あいつに甘いなあ。そうかそうか、十年罪を償って、その後旅に出るか、いいねえ、そうじゃねえとな」

『は?』

「王国を卑劣な手で手に入れて俺に献上したりよ、今回の誘いにほいほい乗るようだったら、俺はあいつを見放して軍の隊長にでもして使い潰すつもりだったのよ」

『なんとっ!!』

「魔族の力を使って自分の居場所をオヤジに献上だあ? 馬鹿じゃねえのか、そんな事で俺が喜ぶとでも思ってたのかね。俺はそういう奴は嫌いだぜ」

『ま、魔王様、た、たしかにあなたさまはそういうお方でしたが……』

魔王は血のように赤い蒸留酒を入れたグラスをくるくると回しました。

顔には愉快そうな笑みが浮かんでいます。

「だが、負けたのはいいな、よく馬鹿息子を負かしてくれたよ。あいつも身の程を知っただろう。負けを知って、そこから立ち上がる、そういう奴は強ええよ。いや、楽しみだな」

　魔王は声を出して笑います。

「スモウか、面白い武道だ、聖属性の儀式魔法らしいが、魔属性の儀式にもできるんじゃねえか？　面白え、面白え、魔王軍の腕自慢を集めろっ！」

『ど、どうなさるので？』

「きまってるだろう、魔界ズモウで、オオズモウに殴り込みだっ！　へへ、血が騒いできたぜ。人化できる奴をアリアガルドに潜入させて、スモウについて調べさせろ！」

『ははぁっ』

　魔国から、剣呑な空気が漂います。


　アリアガルドの国技館の庭では、アデラが鼻歌を歌いながら掃き清めています。

「奇跡的に上手くいったわよね、お嬢様とリジー王子の未来は安泰だわ」

　今は午前中で、国技館にも人影は少ないのです。

「いろんな文化も入ってきたし、美味しい物も沢山味わえるし、国技館を通じていろいろな物資も輸入できるしで、もう、言う事無いわね」

　アデラは箒を持つ手を合わせて祈ります。

「このまま、平和な大相撲時代がいつまでも続きますように」

そして、アデラは箒の柄をマイク代わりに相撲甚句を歌い始めます。

「ハァ～～、勧進元や、世話人衆～～、お集まりなる、皆様よ～♪　いろいろお世話に、なりました～～♪　お名残惜しゅうは、候(そうら)えど～、今日はお別れ、せにゃならぬ～♪」

アデラの綺麗な歌声が国技館の庭に響きわたります。

「我々発ったる、その後も、お家繁盛、町繁盛～～♪　悪い病(やまい)の、流行らぬよう～～、陰からお祈り、いたします～～♪」

おや、建物の陰から美しい歌声が聞こえたと思ったら、廻しドレス姿のフローチェが現れ、アデラによりそい、甚句を合唱します。

「これから我々、一行も～～、しばらく地方ば、巡業して～～♪　晴れの場所にて、出世して～～♪　またのご縁が、あったなら～～、再び当地に、参ります～～♪」

綺麗なソプラノの声が混ざりました。

廻し姿も凛々しいリジー王子が笑いながら歌に混ざります。

「その時ゃ〜、これに勝りしご贔屓を〜〜♪　どうか。ひとえに〜、ヨーホホホイ〜〜♪　ハァ〜、ねがいます、ヨ〜〜〜♪」

三人の合唱する甚句はどこまでも青い王都の空に溶けていきます。

はぁどすこいどすこい。

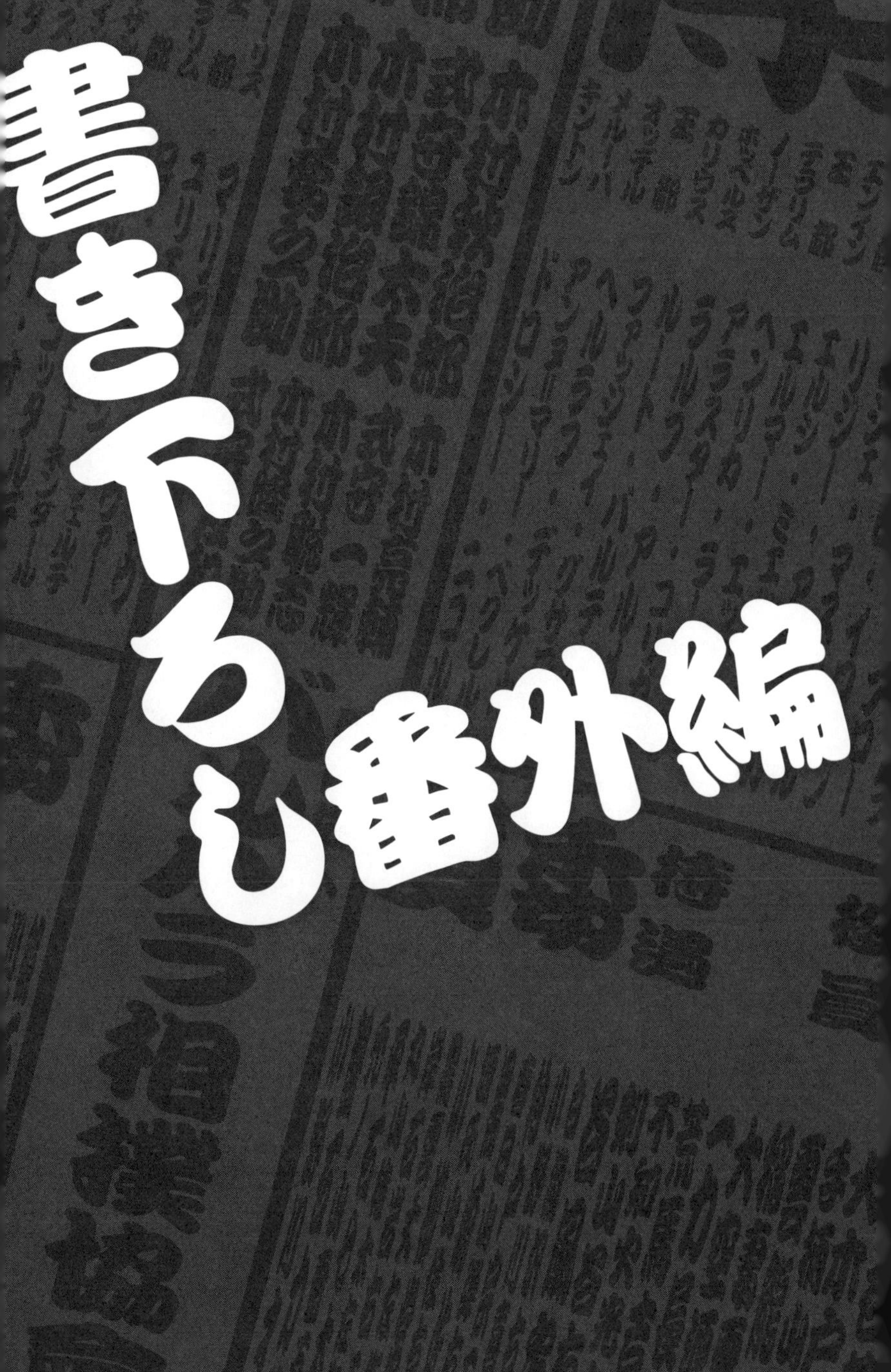
書き下ろし番外編

ふれ太鼓

ここは、アリアカ王国のホッベマー侯爵のタウンハウスでございます。

御領主の娘、侯爵令嬢のフローチェは沈んだ表情でうつむいているのです。

メイドのアデラはフローチェの髪を銀のブラシでくしけずっています。

春の穏やかな風がフローチェの髪を揺らして通り過ぎていきます。

「なんでそんなに浮かない顔なんですかね、フローチェお嬢様」

「私は今日の卒業記念ダンスパーティに行きたくないわ、アデラ」

「どうしたんですか、せっかく毎日お勉強して魔法学園を卒業したんじゃないですか、皆さんで踊ってお祝いをするのでしょう？　一生に一度の記念ですよ」

「でも……。怖いのよ……」

「んもーっ！　お嬢様はくよくよしすぎですよ、初夏にはジョナス第一王子さまとご結婚なんですよ、もっと明るく行きましょうよっ」

フローチェはため息をつきました。

学園で起きていた数々の不穏な事件をアデラに伝えたいのですが、言葉が出てきません。

その場でしか解らない小さなトゲのような違和感を、口下手な彼女は伝える事ができないのでございます。

確信などはありません。

確たる証拠さえあれば教師を動かして対応もできます。

ですが、予感程度の曖昧な違和感では何も対処の方法がありません。

男爵令嬢ヤロミーラ・シュチャストナー。

光の聖女と呼ばれる彼女が、悪意を持って自分をおとしめようとしている。

そんな予感を言葉にすることが出来ず、フローチェは、ただただ己の表情を曇らせるだけなのです。

どこからともなく、フローチェの耳に軽快な太鼓の音が聞こえてきました。

「アデラ、誰かが太鼓を叩いてるわ」

「……、私には聞こえませんけど」

「そう？　遠く、微かだけど、太鼓よ。軽快で心が浮き立つみたいな」

それは何かの始まりを告げるような、とても素敵なリズムなのでした。

アリアカの王都、アリアガルド西門の近くに女神フローレンス神殿がございます。

かの女神フローレンスは愛と戦の女神として信仰を広く集めておりました。

壮麗な大神殿の執務室で聖騎士団長オーヴェは書類仕事をしています。

「また聖騎士の除隊か……」

「はっ、健康不良を理由にしておりますが、どう見ても聖女さまへの不満かと……」

「聖女さまは正しい。我ら凡俗には理解できぬ理由で動いておられるのだ。二度と聖女さまへの批判がましい言葉は許さぬ」

「はっ、ははあっ」

オーヴェ卿の側近は膝を折り頭を下げました。


ふと、軽快な太鼓の音がオーヴェ卿の耳に入ってきます。

音は遠く微かですが、たしかに聞こえます。

軽快で何か心が浮き立つような太鼓のリズムです。


トンカカントントンカカンコン。


オーヴェ卿は太鼓を聞きながら、心が沸き立つ気がしました。

――なんだろう、この、明るく、清浄なリズムは……。

オーヴェ卿は首をかしげて、遠く微かな太鼓の音に聞き入っています。

アリアガルドの下町にはアリアカ式レスリングの道場があります。

思いのほかきちんと片付いた稽古場で、クリフトン伯爵令息が激しいトレーニングにいそしんでいました。

彼に師匠であるユスチンが声を掛けます。

「おい馬鹿弟子、おまえ夕方から卒業記念ダンスパーティだろ、そんなに訓練してねえでエスコートの準備でもしろよ」

「なんかなあ、つまんなくてなあ」

「お前が推してた女子がいるんだろ、なんて言ったか聖女の」

「ああ、パン屋の娘から男爵家の養女になって、王子さまと恋仲になりやがった、とんでもねえ下克上でなあ」

「読み本みたいだな。面白いじゃねえの」

ユスチンは巨大な振り棒を二つ取ると、わっせわっせと振り始めます。

「なーんかなあ、なんだろうな、ちょっといやな感じがするんだよ師匠」

「いやな感じってなんだい？」

「なんというか、何かに操られてるというか、仕組まれてるというか。証拠は無いんだけどよ」

「へ、気にすんな、レスラーは体の動きだけが真実だ。地位だ名誉だ愛だなんざ全部幻なんだぜ」

「ふっ、違いない。素手での破壊力こそが真実か」

「魔法だ、信仰だ、うさんくせえ物は忘れちまいな、ただ目の前の肉弾こそがレスリングの本懐だぜ」


遠く微かに太鼓の音が、脳筋師弟の耳に聞こえてきます。


「太鼓だ」

「太鼓だな、どっかで祭でもやってんのか?」

「聞いた事のないリズムだ、華やかで、それでいて力強い……、なんだろうな」

「良い音色だな。悪くないな」

「そうだな、悪くない」

師弟は耳を澄まして太鼓の音に聞き入るのでした。


アリアガルドの街に隣接する場所にアリアカ軍の駐屯地があります。

偉丈夫のマウリリオ将軍は兵の訓練指導をしながら、ふと天を見上げます。

「いや、あのお方が決めた事だ、兵は考えず、ただただ付いていけば良い……」

相手を信ずる言葉をつぶやきながらも彼の表情は冴えません。

彼の耳にも太鼓の音が微かに聞こえてきます。

行進用の楽隊の太鼓かとも思いましたが、今日はそんな訓練は入ってはいないのです。

――心が浮き立つような、そんな楽しい音だ、なんの悩みも無いような。

「止めるか、……だがもう遅い……」

彼は自嘲するように歪んだ笑顔を浮かべました。


太鼓の音は、街々を渡り、王都の東側、ガダン高原の荒野にも聞こえてきます。

強い日差しの中、ボロを着込んだ老人が顔を上げて天を見上げます。

「空太鼓、かの？　王都の祭の音がここまで届いたかよ……、珍しい事じゃ」

老人の隣にうずくまった、真っ赤で巨大な竜も首を上げます。

「ファラリスや、お前にも聞こえるかの？」

ファラリスと呼ばれた竜はゴワンと声を発して返事をしました。

老人と竜は微かな太鼓の音に耳を傾けます。


アリアカ魔法学園は王宮の近くにあります。

卒業記念ダンスパーティに参加できない、二年生や一年生の生徒が学園の回廊で噂話をしていました。

「フローチェさまは光の聖女ヤロミーラさまに散々意地悪をされたそうよ」

「嫉妬ですわね、ヤロミーラさまが素敵なものだから」

「手ひどいしっぺ返しをされそうですわね」

「ほほほいい気味ですわね」

小鳥のようにさえずる下級生の噂話を壁越しに聞いて、生徒会室のソファーに腰掛けた光の聖女ヤロミーラは満足そうな笑みを浮かべます。

第一王子のジョナスは何やら不安そうな表情を浮かべました。

「本当に大丈夫なのだろうか、ヤロミーラ」

「平気よ、計画は順調で、何の障害も無いわジョナス。あなたが次の国王になるのよ」

「だが、罪の無い弟を……」

「いくら可愛くても、私たちの栄光の邪魔になるなら、消えて貰うしかないわね」

ジョナスはため息をつきました。

「わかった、もう始めてしまった物はしかたがない、不安を覚えていてもなんにもなるまい」

「そうよ、ジョナス、私とあなたで、この国の全てを手に入れるのよ」

ヤロミーラとジョナス王子は笑い合います。

その耳に、微かに太鼓の音色が届きました。


「何かしら、いやな音ね」

「そうかな、軽快なリズムで僕は好きだな……」

ヤロミーラは顔をしかめて耳を両手で塞ぎました。

太鼓の音色は流れ続けていきます。


王宮の東塔にある近衛騎士団の執務室で騎士団長エアハルトは静かに外を見ています。

「ふふ、思ったよりも簡単だったな。完璧に計画は進んでいる」

血のように赤い、香り高い茶を口に含みます。

「もうすぐ、王国の全ては我が手の中に滑り込む、そうすれば、きっと……」


彼の耳にも太鼓の音色が微かに聞こえてきました。


「太鼓、どこから……」

エアハルトは目を閉じ、太鼓の音に聞き入ります。

美しく軽快なリズムに彼の心も少しだけ浮き立ちました。

拍子に合わせてエアハルトは首を微かに振るのでした。

美しい国アリアカの王都に太鼓の音色が響き渡りました。

実はこれが、ふれ太鼓という大相撲の興行を知らせる音色だという事に、気がついた者は一人もいませんでした。

当然です、この世界で相撲の事を知るものは、まだ一人もいないのですから。

太鼓の音は、始まった時のように唐突に止まりました。

さあもうすぐ、大相撲アリアカ王城場所の開幕です。

エアハルトは未来の希望をデンシャ道で繋ぐ

俺の送られた東の開拓地は見渡す限り岩だらけの荒野だった。
緑があるのは開拓村と開拓民が開いた畑だけだ。
この村で、俺は昼に農作業をし、夜に相撲の稽古をして暮らしている。
王都にいた頃の華やかな夜会も、美食も、社交もここには無い。
ただただ土を耕し、水路を掘り、作物を植え、収穫をする。
地味な生活だ。
土にまみれて働くだけ働く。
近衛騎士団で鍛えた剣を振る筋肉は衰えた。
鍬(くわ)を振り、相撲をする筋肉だけが発達していく。
日が落ちるとパンとスープの簡単な食事をして、それから相撲の稽古だ。
廻しを締めて、農場の端にあるてっぽう柱にてっぽうをぶち込んでいく。
深く地中に埋めた太い柱がずしずしと揺れ、体が温まっていく。
四股を踏み、股割りをして、すり足で土俵の回りを行く。

腰に負荷が掛かるが、ただただ体を痛めつける。


魔王の息子であるという自負。

全ての人間が愚かに見えるほどの才能。

貴族の豊かな暮らし。

諍いの絶えなかった養父と母と兄弟たち。


厳しい稽古はそういった思いを霧散させていく。

稽古が暗い思いを浄化させ、俺を単純な生きものに作り変えていく。

汗を流し、一心に稽古をする。

俵を埋め込んだ粗末な練習用の土俵を見て思う。

あの狭い直径四メートル半ほどの円の中で、力士は全ての力を使って勝負をする。

押し相撲、投げ相撲、フェイント、張り手。

幾多の技があり、無限の駆け引きがある。

恐ろしいほどの深みのある武道だ。

もう一度、もう一度、フローチェと相撲がしたい。

彼女はもう横綱として王立国技館に君臨していて、流罪人の俺とは天と地ほどの差がある。

だが、いつか、もう一度、俺は相撲で勝負がしたい。

稽古に稽古を重ねた新しい俺の力を彼女に叩きつけたい。

ずっと、俺はそんな事を考えながら激しく稽古をし、疲れきって、夜半に眠る。


「エアハルトさんおはよー、パンを持ってきたよ」

「ありがとうロッタ」

朝起きると、隣家の娘のロッタがパンを持ってきてくれた。

俺の食事は隣家の世話になっていた。

「エアハルトさんが来て、もう三年になるわね。村のみんな最初は恐れていたのに、今ではすっかり頼りにしてて笑っちゃうわよね」

「皆には助けられている」

「エアハルトさんは真面目に働くからね。力も強いし」

「そんな事はない、まだまだだ」

「そういう所よ、みんなが好きなのは」

そう言って、ロッタは笑った。

そんな事はない。

俺は誰かに愛される資格など無い男だ。

国を混乱させ、何人もの人間を死なせた。

あの事件の時に死んだ人間の責任は、全て俺にある。

午前中はロッタの家の農場を手伝う。

ロッタの父はマキシムという好漢で、休日は俺と相撲を競い合う仲だ。

「競い合うってほどでもないわな。エアハルトさんにはかなわねえし」

「いや、それでも組み合う相手は大事だ」

「村相撲ではエアハルトさんが一番だよ」

俺は優しい開拓村の人間に生かされているのを感じる。

昔は一人でなんでも出来る気がした。

どこまでも遠く高く昇っていき、一角の人間になれると信じていた。

だが、それは全て偽りだった。

俺は何も出来ない男だと、フローチェに思い知らされた。

今は心と体を鍛える時期なんだと自分に言い聞かせている。

マキシムの畑で野菜の収穫を手伝う。

木箱に良く育ったキャベツを詰め、馬車の上に乗せていく。

この野菜は近くの都市に運んで売る。

この開拓村は貧乏だ。

村人達は、細々とした農業で爪に火を灯すように暮らしていた。

余裕はほとんど無く、朝早くから夕方まで皆で土と格闘し、縄を結い、家畜の世話をする。

一年に一度ある秋の収穫祭だけが、唯一の贅沢だ。

三年、この村の農作業を手伝った。

その間に少しだけ農地が広がり、水路が一本増えた。

俺が罪を償うまで後七年ある。

きっと、もう少しだけ農地が広がり、少しだけ水路が太くなるのだろう。

地に足を付けた生活というのは、長い時間をかけてほんの少しだけ前に進む物だと実感した。

「じゃあ、行ってくるわ」

ロッタが荷馬車に乗って近くの都市へと向かっていった。

俺とマキシムはそのまま水路の掃除をする。

水路は毎日掃除をしないと、落ち葉や枯れ枝で水が流れなくなる。


「そういや、聞いたかい、エアハルトさん」

「ん、なんですか？」

「ゴメス監察官が定年でやめるんで新しい監察官さまが来るって言ってたぜ」

「新しい監察官ですか……。ゴメス殿もいい歳でしたからね」

「そうですな、田舎の任務で気の毒だった。王都に帰って養生して欲しいなあ」

「そうですね」

俺が開拓村を逃げ出さないように、王都から監察官が来ている。

これまで来ていた監察官はゴメスという男で、酒好きの人の良い老人であった。

次に来る監察官も良い人間ならいいのだが……。

マキシムの家で昼食を食べている時に、新しい監察官はやってきた。

「監察官のヨーゼフです。お見知りおきを……」

「これはこれは、マキシムと申します。よろしくお願いしますな」

「エアハルトです。よろしくお願いします」

「……」

目付きの昏い男だった。

生真面目そうで背が高い。背中に棒を入れたように姿勢がきっちりとしていた。

マキシムがお昼でもどうかと勧めるのを断って、監察官の宿舎に帰っていった。

「なんとも真面目そうな人だねえ。村に馴染んでくれればええがなあ」

「そうですね」

どこかで見たような目の昏さだった。

どこかで……。

あの頃、王都でなんでも出来ると俺が信じていた頃に見た目だ。


農作業を終えて、簡単な夕食を取った後、相撲の稽古を始める。

柔軟体操、股割り、四股を踏み、腰を落として土俵の回りを行く。

そして、てっぽう。

練習相手がいたら、もっと高度な稽古ができるのだが。

何度もそう思うのだが、村には若者が少ないし、夜には皆寝てしまう。

昼の重労働を終えた若者に相撲の稽古を付き合わせるのは心苦しい。

自然と一人で出来るてっぽうの稽古が多くなる。

俺は強くなっているのだろうか。

いつか、フローチェのいる相撲の頂きに到達する事が出来るのだろうか。

迷う事ばかりが増えていく。

悩みや惑いも全て稽古に落とし込み昇華していく。

ただひたすらにてっぽう柱を押していく。


いきなりランタンの灯りで照らされた。

「何をしている！」


振り返る。

ヨーゼフ監察官がランタンを持ちこちらを照らしていた。

ランタンの灯りが届かない彼の目が見えなかった。

「相撲の稽古だが？」

「今すぐやめろ！　貴様は罪人だっ、国を救った栄光ある相撲をする事は許されない！」

「……フローチェ皇太子妃に許可は……」

許可があったと言えるのだろうか。

別れ際に相撲をやりなさいと言われた。

ユスチンに相撲部屋を見せて貰い、練習方法を学んだ。

それだけだ……。

「今すぐ相撲の稽古をやめろ！　お前が相撲をする事は無い！　練習など無駄だ！」

「……解った」

俺はてっぽう柱から離れた。

ランタンは依然、無遠慮に俺を照らしている。

声に憎悪がこもっていた。

「お待ちくださいっ！」

寝間着のロッタが飛び込んで来て、ヨーゼフの前で平伏した。

ランタンの光が、彼女の背中の生成りの木綿の色だけを浮かび上がらせる。

「エアハルトさんにはお相撲しか無いんです、一年に一度の村祭りでの奉納相撲だけで一年を暮らしているのです、それを奪うのはおやめください!!」

「そうですよ、エアハルトさんからお相撲を奪うなんて、近隣の村一番の相撲取りなのですぞ」

マキシムもランタンを持って、ロッタの後ろに付いた。

彼のランタンの光が柔らかく周囲を照らす。

ヨーゼフの表情が少し曇った。

「お前達は、この男が王都で何をしたか知っているのか？」

「知っていますっ！　王様をさらい、リジー皇太子を害そうとし、フローチェさまにそれをなすりつけようとしました。その計画の黒幕です。でも、でも、だからといって、一心に打ち込んでいる事を取り上げる理由になるのでしょうかっ！　おねがいです、エアハルトさんからお相撲を取り上げないでくださいっ！」

ロッタが一心に稽古土俵の地面に額を付けていた。

ああ。

ああ、なんという事だ。

俺なんかのために。

胸の中が熱い物でいっぱいになった。

マキシムもひざまずき平伏を始めた。

ヨーゼフがたじろいだ。

一歩、土俵を割りかける。

「駄目だっ!!　お前達が土下座したからといって許す訳にはいかないっ!!　こいつは大罪人だっ!!　本来なら打ち首になる所を、ジョナス元王子の命を助けるためだけに罪を軽くされただけにすぎないっ!!　俺の目が黒いうちは、エアハルトに相撲をさせる訳にはいかないのだっ!!」

吐き捨てるように言うと、ヨーゼフ監察官は去って行った。

俺たちは顔を見合わせた。

「ありがとう、味方をしてくれて嬉しかった」

「エアハルトさんは村のために力を尽くしてくれておりまさあ。日が落ちてから相撲の稽古をしたからといって悪い事はなんにもありませんぞ」

「そうよそうよ、本当にいやな奴だわ」

「いや、それだけの事を俺はしたのだ。命が助かったのも僥倖にすぎない」

だからこそ。

だからこそ、俺は相撲に打ち込んでいるのかも知れない。

相撲にすがって生きているのかもしれない。

次の日、ロッタがマキシムがいなくなったと俺の小屋に駆け込んできた。

「お父さんが家出しちゃったの、ほらこれ」

ロッタは書き置きを見せてくれた。

〝探さないで良い、すぐ帰る〟

「馬が一頭いなくなってるの、どこなのかは見当もつかないわ」

「どこに行ったのだろう」

マキシムもいい歳なのに、どこへ行ったのだろう。

幸い、お金は持って行ったらしい。

ロッタの家と、他の家の農作業を手伝い、水路の掃除をすると、すぐに日が落ちた。

相撲の稽古をしようと思ったが、ヨーゼフ監察官の禁止の言葉を思いだしてやめた。

稽古を休むと、することが無い。

農具の手入れをしたが、すぐ終わってしまった。

ランタンの灯りが俺の小屋に近づいてきたが、相撲の稽古をしていないと解ると帰っていった。

マキシムはどこへ何しに行ったのだろうか。

そう考えながら寝てしまった。


夢を見た。

相撲を捨てて、開拓農場であと七年暮らす夢だ。

いつしか、俺は全てを受け入れて、西の外れの寡婦の家に婿に入り、子供を沢山作る。

幸せな気持ちで村の一員として働き、村人に認められて副村長までやっていた。

少し寂しい気持ちはあったが、それも人生だと思って子供の頭を撫でる。

悪くはない。

悪くはない、家族は良い。

愛すべき者を作るのは良い。


目を覚ました時、俺はびっしりと汗をかいて震えていた。

幸せな悪夢だった。

恐ろしいのは、その幸せが手を伸ばせば簡単に手に入る所だった。

子供の頭を撫でた感触がしばらく手に残っていた。

ごめんな、と、夢の中の娘と息子に謝っていた。

父さんは、そっちには行きたくないんだ。

ごめんな。

涙が自然にこぼれ出た。


マキシムがどこに行っていたか解ったのは三日後だった。

麦畑の雑草を取っていたら、ロッタが空を見上げて声を出した。

「何かしら、あれ？」

西の空から、赤い光る物が飛んで来て、どんどん大きくなっていく。

「ドラゴンだ」

それは深紅のドラゴンだった。

村長の屋敷ほどもある大きなドラゴンがこちらに向けて飛んで来ていた。

村人が口々に驚きの声を上げた。

野生のドラゴンは珍しい。村を襲うつもりだろうか。

撃退できなくはないだろうが、あの大きさだ、村人に被害が出るだろう。

竜の姿が大きくなると、首の上に人が乗っているのが見えた。

赤い服を着た貴婦人と、メイドと、中年の農民だった。

農民はこちらにしきりに手を振っていた。

マキシムであった。

彼は赤い竜に乗って、フローチェと一緒に空から農場へ帰ってきた。


三年ぶりのフローチェは少し大人になって綺麗になっていた。

依然として痩せぎすで相撲をするとは思えないほど華奢な娘だ。

いきなりの皇太子妃の降臨に開拓村の全員が膝を突き頭を下げて迎え入れた。

彼女は、マキシムをまず竜から降ろし、その後、メイドと一緒に降りてきた。

「エアハルトさん、フローチェさまを呼んで来たよ、これでもう大丈夫だ」

「マキシム、王都まで行ってきたのかい」

「いやあ、馬で州都まで行ったら、ユスチン親方がいてなあ。話をしたら、王都まで高速馬車で一緒に行ってくれてな、それでフローチェさまに会えたって訳よ」

なんともありがたい事だ。

州都でユスチン師が捕まらなかったら、もう一週間、王都までの旅が続いていた所だ。路銀が尽きたかもしれない。山賊に襲われたかもしれない。そんな危機をものともしないで、マキシムは俺のために痩せた馬で走ってくれたのだ。

「ありがとう」

「いや、いいっていいって」

俺の大事な隣人は恥ずかしそうにはにかんだ。

ヨーゼフ監察官が頭を垂れながら前に進み出た。

「これはフローチェさま、このような場所になんの御用でありましょう」

「マキシムさんからお話を聞きました、あなたがエアハルトの相撲を禁止したのですね」

「……はい、流刑者に相撲は贅沢すぎると考えました」

「贅沢も何も、相撲にはほとんどお金が掛からないではないですか」

「お金の問題ではないのです。名誉の問題です。今アリアカ全土で相撲熱が巻き起こっております。相撲はアリアカの危機を救った名誉ある武道です。謀反の張本人がやっていい物ではありますまい」

ヨーゼフは顔を上げ、フローチェの顔を直視して、そう答えた。

「あなたはそう考えるのですね」

「はい、斬首が妥当な謀反人に対して、国も、村も、人も、甘すぎると思うのです。この件が認められなければ、私の監察官の任を解いていただきたい」

大きな赤竜の頭が、ずいと割り込んだ。

『頭固いんじゃねえの、こいつ』

「こら、ファラリス。話に入りたいなら人化なさい」

『おっと』

ぼわんと煙が巻き起こり、それが風に乗って飛ばされると、素っ裸の少年がそこにいた。

フローチェのメイドが慌ててガウンを彼に掛けた。

「俺は相撲がそんな栄誉で名誉なもんだとは思わないぜ。素晴らしい武道だけどさ、罪人でもやりたいならやればいいいんじゃね?」

「しかし、ファラリス卿、それでは示しが付きません。大衆という者は……」

「ああ、やだやだ、役人は堅くてやだねえ」

ファラリスは肩をすくめた。

「エアハルトは、どうしたいの?」

「俺は……。罪人たる俺に望みがある訳もない、国家の決定に従う……」

「本当の気持ちは?」

「それは……」

相撲がしたい。

だが、それを望むのは……。

「はっきりしなさい」

「相撲が、したい。稽古だけでもいい」

「良かった、エアハルトが生活に疲れて相撲を捨てようとしてるのかと思ったわ」

「そりゃありません。エアハルトさんは毎日毎日農作業が終わったあと、一人でもくもくと稽古をしておりましたよ」

マキシムは前のめりになるように、俺の稽古を語ってくれた。

「そうなの、良かったわ」

「フローチェさま、恐れながら申し上げます。この男に相撲を許すべきではありません」

「フローチェさま、何卒、エアハルトさんに相撲を許可してください。この通りです」

マキシムはロッタと一緒にフローチェの前で土下座をした。

地べたに額をこすりつけている。

どうして、そこまでしてくれるのだ。

俺は鼻の奥が締めつけられるような気がした。

涙を無理に止めようとしたが、ぽろりとこぼれ落ちた。

「マキシム、ロッタ……」

フローチェは、パンと一発、手を叩いた。

「では、相撲で決めましょう」


と、彼女はにこやかに笑った。

「土俵召喚（コール・スモウリング）……」

フローチェは魔法で土俵を呼ぼうとして止まった。

俺の家の前の粗末な土俵に目を奪われている。

「せっかくだから、あそこでやりましょう、アデラ、補修して」

「解りましたお嬢様」

うす黄色の上っ張りを着たメイドが、粗末な土俵に鍬を入れて補修し始めた。

傷んだ俵も新品に替えて埋め直している。

フォローチェはヨーゼフ監察官の前に立った。

「あなたとエアハルトが相撲をして、勝った方の意見を通す、それで良いかしら」

「かまいません」

「彼は強いわよ、それでも良いの？」

「かまいません。私も相撲には自信があります。間違っても罪人に負けるはずがありません」

そう言ってヨーゼフは制服の上着を脱ぎ捨てた。

服の下には鍛え上げた筋肉が盛り上がっている。

「なかなか鍛え上げているわね。相撲の方は？」

「軍の方で少々、マウリリオ将軍に教えて貰いました」

「軍にいたのね」

「はい、フローチェさまに馬ごと投げられた事もあります。その後、王都解放までご一緒させて貰いました」

「斥候の？」

「はい、一番最初に投げられたのが俺です」

ヨーゼフは、あの時俺が攻めさせた軍の中にいたのか。

ならば、王都解放と、そのきっかけになった相撲を神聖視するのも頷けるというものだ。

小屋に入り、廻しを締めた。

マキシムが手伝ってくれる。

「なに、エアハルトさんが負ける訳ねえよな」

「どうだろうか、彼は正式な相撲を学んでいる」

「大丈夫大丈夫」

マキシムはふわりと笑って俺の肩をぽんぽんと叩いた。

三年前、俺はフローチェと土俵の上で良い勝負をした。

それは魔族としての力を発動させて、力任せに相撲を取った結果だ。

技術も駆け引きも無い、ただの野獣のような相撲だった。

今はもう、そんな事は出来ない。

拙い相撲を、現在の横綱であるフローチェに見せる訳にはいかないだろう。

人間の力の枠の中で、培った相撲の技を見せなければ彼女に顔向けができない。

たとえ、ヨーゼフ監察官に敗れる事になろうともだ。

小屋から出ると、ヨーゼフ監察官も廻し姿で現れた。

相変わらず、俺を見る目が昏い。

憎しみがこもった目だ。


フローチェのメイドが離れると、そこには作りたてのような綺麗な土俵があった。

素晴らしい仕事だ。

相撲で土俵を作り上げたり、整備するのは呼び出しの仕事だ。

そういえば彼女も呼び出しをしていたな。

不思議な文字が背中にある法被はその証拠だった。

「今回は呼び出しをフローチェ部屋所属のアデ吉。行事をこの私、フローチェが務めます」

フローチェは軍配を軽く振る。

メイドが扇子を開いて我々を呼び出す。


土俵に上がる。

人と相撲を取るのは半年ぶりか。

祭の奉納相撲の相手とは比べものにならない仕上がり方だ。
仕切り線の向こうでヨーゼフ監察官が腰を落とす。
俺も腰を落とす。
「みあってみあって」
お互いの気勢が上がっていく。
俺たちの間の空間がぐにゃりと歪むような殺気のぶつかり合い。
ああ、本物の力士と相撲ができる。
俺の胸が高鳴る。
俺とヨーゼフ監察官の呼吸が、合った。
全身のバネを使って俺たちは激突した。
「発気よい!!」
フローチェの軍配が上がる。

お互い、全力で土俵を駆け、頭と頭が激突した。
間髪を入れず、手と手で取り合いをする。
こちらの右手がヨーゼフ監察官の廻しに掛かった。
ヨーゼフ監察官の右手も俺の廻しに掛かる。
がっぷり四つだ。

押す。押す。押す。

相撲の基本は押し相撲だ。

全身の力で目の前の相手を押して押して、土俵の端まで持って行き、押し出す。

それが基本の戦い方だ。

じわり。

と、ヨーゼフ監察官の体勢をほんの少し、押せた。

全身の力がまっすぐ前方に入る。

よし、正しい。

これまでの正しい相撲の稽古が俺の前進の力になって、ヨーゼフを押す。

ヨーゼフは腋を締め付け、廻しを持ち上げ重心を下げる。

だが、じわり、と、また一歩俺は前進する。

まったく相手の技を使わせず、まっすぐ土俵から押し出す事を、『デンシャ道』と言うらしい。

まっすぐしか走れない、デンシャという乗り物が使う二本の線路のような筋が土俵に付くかららしい。

俺のデンシャ道はじわじわと動き始めていた。

「お前は俺の親友を死なせた」

俺の耳元でヨーゼフがぼそりとつぶやいた。

「エドメ・マチューだ、王を拉致する時に護衛と斬り合いになり死んだ」

エドメ。

覚えている。

俺の部下だった。

明るくてよく笑う奴だった。

大人しそうな婚約者と、あの秋に結婚すると喜んでいた。

ドン！　と俺の胸に衝撃が走り、一歩、ヨーゼフに押し込まれた。

王を拉致する時に、オーヴェの聖騎士隊に貸した。

護衛と斬り合いになって、エドメは相手を殺したが、自分も死んだ。

「エドメはあんたを信じていた。素晴らしい人間だと何時も褒めていた」

エドメが、俺の記憶の中で笑う。

なぜかそれはとても明るくて、そしてきな臭いような匂いがする記憶だ。

あいつの婚約者は、どうしたのだろう。

ドン！　さらに衝撃が来て、俺はまた一歩押し込まれる。

駄目だ、相撲に集中しろ。

「新しく素晴らしい世界を作ると善人を騙して死なせて、どうしてお前は生きて相撲ができる?」

俺は、俺は……。

一言も反論が出来ない。

あの謀反で死なせた全ての責任は俺にある。

ヤロミーラを騙して、ジョナス王子を騙した責任は俺にある。

片足が俵にふれる。

土俵際まで押し込まれた。

呼吸が荒い。

力が出ない。

負けるのか。

負けるのか。

フローチェに負けたように。

あの時のように、体に土を付けるのか。

過去から俺の罪が逆流してきて、全ての力を萎えさせる。

ヨーゼフがぐいと肩に力を入れた。

「恥を知れ、罪人めっ!!」

ドン!　とこれまで以上の衝撃が俺の胸を押した。


止めた。

気持ちで負けていた。

止めた。

後悔が俺の力を削いでいた。

止めた。

止められる合理的な理由が何も無い。

だが、それでも、俺はヨーゼフのすさまじい突進を止めていた。


「エアハルトさん!!　自分の相撲を信じなさいよ!!」


マキシムのその言葉が耳に入った瞬間、世界が変わった。

心の奥の何かがギチリと音を立ててゆっくりと動く。

ばらばらと、心のオリのようものが舞い散りながらその何かはゆっくりとゆっくりと動き始める。

信じられないような力が虚空から湧きだし、心の奥の、その何かを回転させ始める。

相撲魂（スピリッツ）。


これが、そうなのか。

まるで異界の神の権能を借してくれるような全能感。

回転を通じて、何かの力が体全体に伝わり、満ち溢れる。

押す。

ヨーゼフが苦しそうな顔で押し止めようとするが、止まらない。

押す。

ただ、押す。

過去の後悔も、現在の苦しみも、未来の不安も、全て流し去り、俺は一介の相撲取りになる。

ああ、簡単な事だったんだ。

これが相撲なんだ。


「くそうっ、ざ、罪人のくせにっ」

「要らない」

「なんだとっ！」

「言葉は要らないんだ、ヨーゼフ」

人の心の動き、過去何をした、どれほどの稽古を積んだ、そんな事はもうなんの意味も無い。

俺は相撲だ。

俺は大きな力の動きの末端で、ただ天を目指すうねりなんだ。

言葉では表す事ができない。

知恵で把握できる物でもない。

善も悪も無く。

ただ、稽古によって技を磨き、筋肉を鍛え、土俵に上がるまで個人が出来る全力を尽くす。

そして、土俵の上では、全てを天に任せる。

勝ちも負けも無い。

ただ、鍛え上げられた力のぶつかり合い。


それが、相撲だ。


押す、ただ押す。

ヨーゼフが脚を払いに来る。

押す事でそれを防ぐ。

「エアハルトさん、頑張れーっ!!」

「エアハルトさーん!!」

マキシムとロッタの声援が聞こえる。

村人達の声援も聞こえる。

「頑張れーっ!!」

まっすぐに、不器用に、ただただ押す。

それがてっぽう柱でもヨーゼフでも関係が無い。

心の中で相撲魂（スピリッツ）をただただ回す。

回転は力に変わり四肢に宿る。

無限とも思える一瞬の後、ヨーゼフの左足は土俵を割っていた。

「エアハルト～」

フローチェが軍配を東に上げた。

俺が勝ったのか。

気がつくと肩で息をしていた。

ヨーゼフが土俵の外で尻を土に付け息を荒げていた。

彼に手を差し出す。

彼はふうと息を吐くと、俺の手を取って立ち上がった。

目の昏さは今は無かった。

「約束通り、エアハルトは相撲の稽古を続けて良い事にします。いいわねヨーゼフ監察官」

「……はい」

「含む所があるなら、この場所でエアハルトと一緒に稽古をして、次の決着を待ちなさい」

そうか、ヨーゼフと一緒に稽古ができるのか。

正直助かる。

ヨーゼフと稽古をすれば、俺の相撲も進歩するだろう。

彼にはそれだけの実力がある。

「わかりました」

ヨーゼフがフローチェに頭を下げた。

「へへへ、やっぱ相撲はいいよなあ」

ファラリスが満面の笑顔でそう言った。


「エアハルト」

「はい」

「見事な押し相撲でした。稽古の成果ね」

「はい」

俺の胸に喜びが広がった。

フローチェに認められた。

その事実だけで胴震いをするほど俺は嬉しい。

「あと七年。稽古に稽古を重ねて国技館に戻ってらっしゃい。待っているわ」

「はい」


あと七年たてば、俺は王都に戻れる。

国技館で相撲を取れる。

いつかはフローチェに土を付ける事もできるだろう。

その時が今から楽しみだ。

ふと振り返ると俺の足が作った土俵の筋が、土俵際からまっすぐ二本伸びていた。

デンシャ道だ。

そのデンシャ道は遥か遠く、王都のアリアカ国技館に続いている気がした。

すこし長い後書き　～大相撲令嬢ができるまで～

三年ほど筆を折っていたのですよ。

なんでかというと、「小説家になろう」で三年間毎日せっせと更新していたロボットファンタジー物にポイントも付かないし、感想もほとんど来なかったので疲れたのですな。

なんというか、流れ流れて遠くまで来たのだったよ。

・わたしの創作の履歴

私の創作の最初は漫画でありました。

雑誌の賞を取って編集さんも付いたのだがなかなか上手く行かなくてですね。

しょうが無いので実家を手伝ってパソコンを覚え、なんとかならない物かとうろうろしていたのです。

次はノベルゲームだね。

月姫が打ち上がり、ひぐらしが登りつつある頃でありました。

チームを組まずに、絵とシナリオを一人でやっていました。

魔法少女サカナというゲームと、国都の剣というゲームを完成させたのですが、まあ、あんまり売れなかったですね。

文を書くようになったのはこの頃が初めてで、それはそれは沢山書きました。

ノベルゲームというのは文章がメガ単位で必要ですからね。

文を書き、絵を描き、スクリプトでくみ上げて、一つの作品を作り、コミケに出て、あまり売れないという創作生活を続けていました。

盟友、荒井小豆さんと知り合ったのもこの頃ですな。


小説っぽい物が書けるようになったので、次は小説アンソロ系の企画に参加して文章系の友達がいっぱい出来ました。

小説が書けるようになったらオタクはどうするかな、そうだね、なろうだね。

友達との馬鹿話をイントロに、「冴えない高校生の僕がオッドアイの美少女魔導師に伝説ロボの操縦士として異世界召喚された件」というのを「小説家になろう」で書き始めたのだが、まあ、受けませんでしたね、そこそこ読まれたとは思うのですが、感想も無ければ、ポイントもつきませんでしたよ。

面白い物を長期にわたって毎日更新すれば、きっとお客が付いてくれるさ。と、思っていたのですが、低空飛行でした。

今でも中盤からは面白いとは思うのですが、やっぱ小説でロボ物はきつかったみたいです。

まあ、暇だったら読んで見てください。

いまだに７５０話を全部読んだ、という読者さんの声は聞いた事がありませんが。

で、三年間毎日更新をして人気が無くて心が折れましたな。

このあと、死ぬまでだらだら生活して過ごすのであろうなあと、暗澹たる気持ちになりましたよ。

・復帰して転友を書き始める

「小説家になろう」に戻ったのはなんでかというと、斉藤ズモモさんというVチューバーの人が、国都の剣の読了報告をツイッターで紹介してくださったのですな。

もうサークル活動されてないのかなあ、という声に、さすがにノベルゲームを再開するのはちょっと思いまして、もういっぺん「小説家になろう」で作品を書いて、ズモモさんに楽しんで貰おうかな、とか、思って書いたのが「転生聖女は友情エンドを目指す！　～腐女子なのに乙女ゲームの世界に転生しちゃいましたが親友キャラとイチャイチャ百合しながら悪役令嬢と派閥抗争してます～」ですね。

元々は「金的令嬢はマタタビを嗅いだ猫のような顔でうへへと笑う」というふざけたタイトルで、初期はＰＶ（ページビュー・小説ページの閲覧回数）もそんなには伸びなかったのですが、主人公キャラが立っていたので、わりと良い感触でした。

ツイッターには#ＲＴ（リツイート）した人の小説を読みに行く　という有名なタブがありまして、初期転友もこれに参加してみたのです。

そうしたらどうでしょう、朽縄咲良というなろう作家の方が読んでくれて絶賛してくれ、その後文字塚さん、西川旭さんなどの有名なろうＲＴ企画主が褒めてくれてＰＶ数が伸びたのでした。

その後、文字塚さんに「タイトルを変えなさい」と助言されて、現在の長いタイトルとなりました。

するとどうでしょう、どかんとＰＶが倍増して、感想も付きはじめましたのでした。

ジャンルランキングに乗ったのも転友が初めてでしたね。

毎回感想をくれるファンの方も来てくれて、俄然やる気が出てきたのでした。

現在転友は獲得ポイント一万を越えて、ガチ勢のファンの人が何人も付いてくれていて、とても嬉しい事になっています。

・大相撲令嬢爆誕

長文タイトルが「小説家になろう」攻略に有効と知って、私はツイッター上で長文タイトルを作って流すという訓練を初めました。

結構たのしくて沢山作っては流していたのですが、気がついた事がありました。

長文タイトルは一目見ただけで内容が全部わかるぐらいの物が良いのですが、これって良い企画の「作品の売りが一言で言える」という奥義とかぶっているのですね。

企画出しの訓練にもなって良いなあと、沢山長文タイトルを作ってはツイッターに流しておりました。

そんなおり、一本のタイトルが降ってきました。

相撲令嬢　～聖女に平手打ちを食らった瞬間相撲部だった前世を思い出した私は捨て猫王子にちゃんこを振る舞いたい～　という物ですね。

ここからメインタイトルを大相撲令嬢に変えて、中間に悪役令嬢を付け加え、最後に、はぁどすこいどすこい。を付けたのが正式タイトルとなります。意外に最初からタイトルが完成されてましたね。

書かない事に決めてましたのですが、なんとなく気になるのでした。

そして、番付表オープンとか、セイクリッドソルトとかアイデアを足していったら、これ、面白いんじゃない？　と思い始めて、書くことを決めました。

転友の毎日更新もありましたが、大相撲令嬢も一緒に毎日二本更新を始めます。

大相撲令嬢は「小説家になろう」で受けまして、どんどんランキングを登っていきます。なまこ@ただのぎょー先生にもレビューを頂き、色んな人に応援していただいて人気がさらに上がって行きます。

最終的に、異世界転成転移恋愛のジャンルランキングで七位まで行きました。

やあ、人気出たなあと、思い十万字ぐらいで完結いたしました。

長く続ける手もあったのですが、転友もありますし、一発ネタっぽい小説なので、完結したほうがお客さんにすっきりと楽しんで貰えるかなという判断でしたね。

・ツイッターで大爆発する

大相撲令嬢に良い手応えを感じて、また、こういうネタ系の小説を書こうかなと思いつつ転友を更新していましたら、十月十七日にやきとりい（鳥井雪）さんという方がツイッターで大相撲令嬢の紹介をしてくれまして、その日からバズって大爆発しました。

凄い事になってるぞ、と盟友の代々木さんが教えてくれて、「小説家になろう」のPVをみたら一時間に三万PVという異次元の数字が出ていました。

そして、トゥギャッターというツイッターのまとめサイトが作られ、ニュースサイトにも大相撲令嬢が取り上げられて、なんだか、もの凄い事に。

「小説家になろう」のほうの順位もそれを受けて、異世界転生転移恋愛ジャンルで一位を取り、総合でも七位まで上昇しました。

ツイッターでバズると凄いと思った体験でしたね。


お仕事の引き合いも来始めました。

一番最初に「小説家になろう」で来たお引き合いはコミカライズのお話でした。

大相撲令嬢はイメージ喚起力が強いのか漫画やアニメで見たいという読者の声が高かったですね。

小説家としては、書籍化の方がしたいので、即断しないで少しまっていただきました。

二回目に来たのがアース・スターさんで、書籍化のお引き合いでした。


ここで困ってしまったのは、コミカライズを先の会社で出して、アース・スターさんで書籍化して大丈夫かという事でした。

先のコミカライズを申し込んで来た編集さんに正直にご相談した所、「書籍化の会社にコミカライズの事も聞いてみたら」というありがたい助言でした。

アース・スターさんにコミカライズの事を聞いた所、「では我が社のコミカライズ班に聞いてみます」というお返事でした。

やはり一社で書籍化とコミカライズをすると相乗効果があるので良いようですね。

そして、アース・スターさんで書籍化、コミカライズ共にやっていただく事に決定したのでした。

こうして、大相撲令嬢は、形になりはじめました。

コミカライズは影崎由那先生というアニメ化もしたベテラン漫画家さんに決まりました。

余談ですが、影崎先生は大相撲令嬢をたいへん気に入ってくださり、ネームを凄い勢いで二話作ってくださいまして、熱の入った素晴らしい作品を作っていただけています。

書籍イラストも、村上ゆいち先生にとても素敵な絵を入れて頂きました。

可愛いフローチェと、どっしりとしたユスチン氏のキャラデザがお気に入りです。

なんだか、なろうドリームを体現したような事が我が身に起こるとは思ってもいなかったので、狐につままれた感じがいまだにあります。

全ての幸運は大相撲令嬢を愛してくださった全ての方の応援のお陰だと思います。
心からの感謝を捧げます。

ありがとうございました。

では、次回作、大相撲令嬢Ｚ　〜エルフの森を焼く　もふもふを拾う〜（仮）でお会いいたしましょう。

はぁどすこいどすこい。

まさか
「まわしに合うドレス」を
考える日が来るとは…。

あらすじ

サザランドから王都に戻ってきたフィーアは、
特別休暇を使って姉に、
そして、こっそりザビリアに会いに行こうとするけれど、
シリルやカーティスにはお見通しで……。

さらに、出発日前日、緑髪と青髪の懐かしい兄弟に再会。
喜ぶフィーアだが、何故か二人も
霊峰黒嶽への旅路に同行することに！？

２兄弟＋とある騎士団長とともに、いざ出発！
楽しい休暇が、今始まる！！

転生した大聖女は、聖女であることをひた隠す

十夜　Illustration chibi

大相撲令嬢 1

～聖女に平手打ちを食らった瞬間相撲部だった前世を思い出した悪役令嬢の私は捨て猫王子にちゃんこを振る舞いたい　はぁどすこいどすこい～

発行 ―――――― 2021年7月15日　初版第1刷発行

著者 ―――――― 川獺右端

イラストレーター ―――― 村上ゆいち

装丁デザイン ―――― 関 善之＋村田慧太朗（VOLARE inc.）

発行者 ―――――― 幕内和博

編集 ―――――― 今井辰実

発行所 ―――――― 株式会社 アース・スター エンターテイメント
〒141-0021　東京都品川区上大崎 3-1-1
目黒セントラルスクエア　7F
TEL：03-5561-7630
FAX：03-5561-7632
https://www.es-novel.jp/

印刷・製本 ―――――― 中央精版印刷株式会社

ISBN 978-4-8030-1540-9